KB119299

# 라임포토스의 배

# 라임포토스의 배

ポトスライムの舟

## 배

쓰무라 기쿠코 소설 | 김선영 옮김

한겨레출판

**차례**

라임포토스의 배

세시에 시작된 휴식 시간이 얼마 남지 않았음을 알리는 예비종이 울렸지만, 나가세 유키코는 파이프 의자 등받이에 손을 얹고 뒤쪽의 게시판을 멀거니 올려다보고 있었다. 저도 모르는 사이에 A3 크기 포스터가 두 장 붙어 있었던 것이다. 공용 테이블 위에 놓인, 염가 매장에서 산 컵에 꽂은 관엽식물 라임포토스의 물을 갈고 나서야 깨달았다. 두 장의 포스터는 어찌나 꼼꼼한 성격의 사람이 붙였는지 정확히 맞닿은 두 모서리가 게시판 틀과 완벽한 평행을 이루고 있었다. 어느 NGO가 주최하는 세계일주 크루즈 여행 포스터와 경증 우울증 환자들끼리 서로 돕자고 호소하는 포스터였다. 오른쪽에는 '세계를 보자. 세계와 대화하자. 소통하자.' 왼쪽에는

'마음의 감기에는 손을 맞잡자. 함께 고통과 맞서자.'라는 표어가 각각 달려 있었다. 나가세는 반사적으로 왼쪽 포스터에서 눈을 돌렸다. 예전 회사를 그만둔 직후라면 몰라도 그 후로 몇 년이나 지났으니 저런 것에 매달릴 처지가 아니다. 그런 이유로 나가세가 주로 올려다본 쪽은 크루즈 여행 포스터였다. 내용을 쭉 훑어보고 사진을, 특히 카누를 탄 현지 소년의 사진을 보다가 큼직하게 적힌 비용에 시선이 꽂혔다.

163만 엔.

"왜 그래, 예비종 울리는 소리 못 들었어? 가야지."

조금 전까지 휴대전화로 초등학교 4학년짜리 둘째 아들에게 전기밥솥 사용법을 알려주던 라인 책임자 오카다 씨가 두툼한 손으로 뒤에서 어깨를 두드리며 말했다. 나가세는 아아, 아니, 그냥요, 하고 얼버무리며 일어나 테이블 위에 둔 하얀 위생모를 뒤집어썼다. 화장실 갈래? 오카다 씨가 물었지만 휴식 시간이 시작될 때 바로 다녀왔으니 괜찮다고 대답했다.

모자 속에 앞머리를 넣으면서 녹색 바닥의 너른 복도로 나가 라인이 있는 작업실로 줄줄이 향하는 동료들의 꼬리에 따라붙었다.

"저거, 누가 붙였어요? 게시판에 있는 포스터."

"과장님이 사모님한테 부탁받았대. 점심시간 끝날 때쯤 보니 붙어 있던데."

"사모님은 누구한테 부탁받은 거래요?"

"그런 게 왜 궁금해?"

오카다 씨는 옷에 붙은 먼지를 떨어내는 작은 방, 통칭 클린룸에서 새어 나오는 바람에 실눈을 뜨며 나가세 쪽을 돌아보았다. 아니, 뭐, 아무래도 상관없지만, 하고 나가세는 등을 쭉 펴고 한 번에 두 사람밖에 못 들어가는 클린룸까지 앞으로 얼마나 더 기다려야 하는지 확인했다.

"세계일주 포스터는 꽤 흥미로워 보이던데요. 서쪽으로 도는 항로라 맨 처음 대만에 갔다가 다음에는 싱가포르, 인도 어디에 들렀다가 그다음은 잘 기억이 안 나는데 마다가스카르 섬 같은 데도 가려나. 그러고는 파타고니아에 갔다가 이스터 섬에 들르고 파푸아뉴기니에 간다나봐요." 클린룸에서는 침이 튀면 안 된다는 이유로 잡담이 금지되어 있어 나가세는 자기가 얻은 정보를 빠르게 설명했다. "파푸아뉴기니에서는 말이죠. 아우트리거 카누를 탈 수 있대요. 포스터 사진은 싱글 아우트리거 카누였나."

"그게 뭐야?"

"남태평양에서 많이 타는 카누예요. 대학교 때 선택과목으로 들은 세계 지지학(地誌學) 수업에서 조금 배웠어요. 카누 선체에서 수면과 평행하게 튀어나온 막대기 끝에 아우트리거가 달려 있는데 그게 한쪽에 달렸나 양쪽에 달렸나로 싱글과 더블을 구별해요."

"나가세 씨는 모르는 게 없네."

나가세는 이런 시시한 일에도 감탄해주는 오카다 씨가 좋은 사람이라고 생각했다.

"싱글과 더블 중에 싱글이 더 안정적이라는 게 개인적으로는 좀 놀라웠어요."

파도를 거스르지 않고, 파도를 타는 힘이 뛰어나 잘 뒤집히지 않는대요, 라고 말하는 사이 두 사람이 클린룸에 들어갈 차례가 되었다. 거의 매일 오카다 씨와 클린룸에 들어가 빙글빙글 회전하므로 묘한 화제에서 대화가 멈추는 일은 익숙했다. 클린룸에서 나가면 바로 마스크를 쓰기 때문에 그다음부터는 보통 아무도 입을 열지 않는다. 어쨌든 세시 휴식 뒤에는 한두 시간만 더 일하면 라인에서 해방되기에 굳이 말을 할 필요도 없다.

사방에서 붕붕 불어오는 바람 속에서 천천히 돌며 먼지를 떨어뜨린 뒤에 오카다 씨를 따라 클린룸에서 나갔다. 습관적으로 무심코 소매를 걷으며 세면장에 줄을 섰다. 희멀건 왼

팔 안쪽을 바라보며 나가세는 지난주 자신에게 꼭 필요한 일 같았던, 팔에 문신을 새기는 일에 대해 생각했다. 어째서 그렇게 문신을 새기고 싶었을까?

손 씻는 차례는 금방 돌아왔다. 세정제로 팔을 문지르고 있으려니 거기에 새기고 싶었던 글자가 점점 눈에 보이는 것 같았다. '지금이 부지런히 일할 때.' 곰곰이 생각하니 '지금'이라는 건 이제 막 스물아홉 살이 된 지금을 뜻하지만 문신은 평생 남으니 아무래도 모순이다. 하지만 지난주에는 언제 어디서나 눈에 띄는 자리에 그 글귀를 새겨야 한다는 생각이 계속 들었다. 한 글자에 얼마일까? '부지런히'는 '열심히'로 바꾸는 게 싸게 먹힐까? 하지만 나는 한자는 별로인데. 글씨체는 고딕이 좋겠다.

월요일에 문득 떠오른 생각은 라인에서 작업할 때는 물론이고 공장에서 퇴근하고 친구 요시카가 운영하는 카페에서 아르바이트를 할 때도, 카페에서 자전거를 타고 집으로 돌아갈 때도, 집에서 데이터 입력 부업을 할 때도 내내 사라지지 않았다. 아니, 그렇지만 아무래도 낭비가 아닐까? 금요일 오전 라인 작업을 하면서 마음을 바꾸었지만, 점심때 재고를 확인하려고 컴퓨터를 만지다 맨체스터 유나이티드 FC의 웨인 루니가 스테레오포닉스의 앨범 제목을 팔뚝에 새겼다는 사실을 알게 되었다. 그러자 역시 문신을 새겨야겠다는 생각이 들어 평소처럼 데이터 입력 부업을 밤 열두시까지 한 뒤한 글자에 얼마인지 조사하려 했지만 잠들어버리고 말았다. 그러고는 일어나자마자 바로 토요일 컴퓨터 수업에 나가서노인들에게 이메일의 숨은 참조 기능을 가르쳐주다가, 역시공장에서 일할 때는 괜찮겠지만 앞으로 다가올 계절을 생각하면 컴퓨터 강사 일을 하는 데 문신은 해가 되지 않을까 싶어 불현듯 마음이 바뀌었다. 셔츠를 7부 소매에서 5부 소매로 막 바꾼 참이었다.

수도가 있는 세면장에서 나와 소독조에 손을 담그러 이동했다. 한번 생각하기 시작하니 다시 팔에 글자를 새기고 싶다. 지난주에는 저금통장을 확인하고 얼마나 쓸 수 있을지계산까지 했다. 한 글자에 얼마인지는 아직 모르지만, 노동의욕을 유지하기 위한 경비라고 생각하면 몇만 엔까지는 어떻게든 지출할 수 있을 것 같았다.

아마도 나는 지난주, 걷잡을 수 없이 일하기 싫었던 것이리라. 남 일처럼 그렇게 생각했다. 공장 월급날이었다. 도시락을 먹으며 늘 마찬가지인 박봉 명세서를 보고 있자니 어딘가이상해진 모양이다. '시간을 돈에 파는 듯한 기분'이라는 생각이 든 순간 몸이 굳었다. 일하는 자신이 아니라, 자신을 계약직으로 고용한 회사가 아니라, 살아 있다는 것 자체가 역겨웠다. 시간을 팔아 번 돈으로 음식물과 전기, 가스와 같은 에너지를 고만고만하게 사들여 겨우겨우 살아가는 자신의 불안한 삶이. 앞으로도 그래야만 한다는 사실이.

그런 기분을 씻어낼 최고의 특효약이 '지금이 부지런히 일할 때'라는 생각이었다. 세시 휴식 시간에 화장실에서 그 글귀를 수첩에 적으니 울렁거리던 속이 말끔히 가라앉았다. 극약 같은 그 말을 꼭 몸에 새기고 싶었다. 그렇게 하면 루니만큼은 아니더라도 더 일할 수 있다. 다시 숨을 쉬는 데 진절머리가 나면, 그걸 보면 된다. 메모가 아니라 몸에 써놓으면 훨씬 실감하기 쉬운 자기표현이 될 것이다.

나가세는 그런 경위로 팔에 문신을 새기고 싶었다는 것을 기억해냈다. 반드시 문신을 하고 말겠다는 마음은 한풀 꺾였지만 나쁘지 않은 발상이라고 헝겊으로 팔을 닦으며 생각했다. 다만 꼭 지금이어야 한다고 간절히 바라고 실행할 정도로 절실하지는 않다고 생각하며 나가세는 헝겊을 휴지통에 버렸다. 아무래도 서른을 앞둔 여자가 고딕체로 '지금이 부지런히 일할 때'라는 문신을 팔에 새기는 건 이상하기 때문이다. 그 정도 상식은 있다. 어쩌면 입사 면접에서 사장이나 인사 담당자에게 그 문신을 보여주면 굉장히 의욕 넘치는 사람이라고 채용해줄지도 모른다. 하지만 그런 이유로 자기를 고용하는 회사는 사원을 부려먹으려고 작정한 회사임에 틀림없다. 그런 곳과는 얽히기 싫다. 생각만 해도 치가 떨린다.

지금의 나는 조금은 쓸 만해졌겠지. 나가세는 라인 아래쪽에 놓인 파이프 의자에 앉았다. 숨을 삼키고 작업실 전체를 둘러보았다. 아직 라인은 가동되기 전이었다. 옆쪽 사무 테이블에 놓인 일회용 비닐장갑에 손가락을 넣었다.

박봉이지만 이곳에서의 인간관계는 나쁘지 않다. 특히 라인 책임자인 오카다 씨가 좋은 사람이라, 공장 근무 첫날에 벌벌 떨면서 라인에 들어간 나가세를 염려해 알게 모르게 돌봐주었다. 덕분에 나가세는 시급 800엔짜리 아르바이트에서 세후 월급으로 13만 8천 엔을 받는 계약직 사원으로 승격하고 지난 4년을 어찌어찌 버틸 수 있었다. 지난달에는 라인 부책임자로 승진했다. 다른 이들도 다들 그럭저럭 좋은 사람들이다. 다른 라인에는 무시도 공갈도 차별도 있다고 들었다. 그런 소문을 들으면 더더욱 지금 상황이 보석과도 바꿀 수 없이 귀중하게 느껴진다.

그런 사고방식이 향상심을 꺾는 근본 원인이야! 나가세 안의 어느 한 부분이 화를 냈다. 하지만 대학을 졸업하고 들어간 회사에서 상사에게 심한 정신적 괴롭힘을 당해 퇴사하고, 그

후 1년을 일하기가 무서워 허비한 경험으로 미루어봤을 때 직장 분위기가 나쁘지 않다는 것은 소중한 장점이라고 단언하지 않을 수 없다.

나가세는 머리를 흔들어 줄줄이 떠올랐다가 사라지는 생각을 떨쳐내려 했다. 나는 집중력이 있어 단조로운 일을 질리지 않고 해낼 수 있다. 이 일에 적합하다. 잡념에 시달리지 않는 한. 손은 움직이지만 벨트컨베이어 가장자리에 비친 얼굴이 창백해 보일 때가 있다. 대개 갑자기 솟구친 어떤 망상이 머릿속을 유린할 때다. 집중력이 또 다른 사고를 위한 집중력을 낳을 때도 있다. 요컨대 팔에 문신을 새긴다는 생각도 그런 과정을 거쳐 부풀어 오른 것이리라. 라인에 들어가 있을 때는 손을 움직이거나 생각하는 일 말고는 달리 할 수 있는 것이 없으니 자동적으로 끝없이 생각을 하게 된다. 현재 고민은 바로 그런 망상이다. 혼자서 끝말잇기를 하거나 영어나 제2외국어로 선택한 스페인어로 숫자를 셀 때도 있지만, 좀처럼 마음대로 되지 않아 생각이 머릿속을 점령할 때도 많다.

내가 사람이 아니라 라인이었다면 좋았을 텐데. 푸른빛에 가까운 형광등 불빛이 벨트컨베이어를 차갑게 비추고 있다. 나가세는 무릎 위에 얹은 손을 쥐었다 폈다 하며 눈을 감고 심호흡을 했다.

휴식 종료를 알리는 종이 울리고 라인이 돌아가기 시작했
다. 휴식 전보다 가벼운 손을 들어 첫 번째로 흘러온 로션 마
개를 단단히 잠그고 앞뒤, 위아래 뒤집어서 확인한 뒤 컨베
이어에 되돌려놓는다. 앞으로 약 두 시간, 나가세는 오로지
그 일만 하는 인간이 된다.

163만 엔이 이 공장에서 받는 연봉과 거의 같은 금액이라
는 사실을 문득 깨달았다. 흠집이 있는 병을 세 개, 작은 흠이
파인 마개를 한 개, 눈앞의 통에 던져 넣은 직후였다. 나가세
는 한순간 숨을 꿀꺽 삼켰지만 손은 멈추지 않았다. 그 후로
팔에 글자를 새긴다는 생각은 그날 라인에 들어가 있는 동안
한 번도 하지 않았다.


사원과 절이 즐비한 동네라 화요일 밤에는 한산한 카페에
서, 요시카는 내일 아침 일찍 내놓을 스콘을 반죽해 냉장고
에 넣은 뒤로 줄곧 컴퓨터 앞에 앉아 고객에게 보낼 뉴스레
터 초고를 쓰고 있었다. 나가세도 입구로 들어오는 손님 쪽
에서는 보이지 않는 소파에 앉아 입체 그림책 제작법에 대한
영어 책을 보고 있었다. 나가세는 손님이 뜸해지자 작은 병
에 꽂아 테이블마다 장식해놓은 라임포토스의 물을 갈았는

데, 또 뭘 하면 좋을지 요시카에게 묻자 일단은 아무것도 안 해도 된다고 했다. 아무것도 안 하는 건 고역이라고 반박하자 요시카가 그림책을 건네며 이런 걸 멍하니 보는 것도 네게는 필요한 일이라고 하기에, 이해할 수는 없었지만 굳이 이해하려 들지 않고 그저 물끄러미 보는 중이었다. 요시카도 이제 슬슬 포토스가 지겹지 않을까? 전에 오사카에서 들렀던 카페 테이블 위에는 슈거바인을 물에 꽂은 유리잔이 놓여 있었는데 참 앙증맞았다. 슈거바인이라면 집에 수경 재배하는 모종이 있다. 하지만 줄기를 잘라 밖으로 운반하기엔 아무래도 포토스가 간편하다.

"리치 티가."

"응."

"유통기한이 가까워져서 빨리 먹어치워야 해. 한잔 끓일 건데 너도 마실래?"

"응."

생각에 잠겨 고개도 돌리지 않고 끄덕거렸다. 요시카는 찻잎을 지퍼백에 넣어줄 테니 절반 가져가라고 말하며 기지개를 켜더니 자리에서 일어섰다. 요즘 통통해진 요시카의 허리살이 정면 쪽으로 난 창문에 한순간 무방비하게 비치는 바람에 나가세는 괜히 놀라 벌떡 일어나 바깥을 살폈다. 카페가

복합 빌딩 2층에 있어 아무도 보지 못한 듯했다. 뭐 해? 요시카가 묻기에 아니, 그냥, 하고 대답했다. 길 하나를 사이에 두고 카페와 마주 보는 상점가 안에서 나오는 사람들이 제법 듬성해졌다. 이 거리의 밤은 꽤 이른 편이다. 앞으로 손님이 올 가능성은 거의 없지만, 일찌감치 문을 닫은 가게 점원이 늦은 저녁을 먹으러 올지도 몰라 일단 폐점 시간까지는 문을 열어둔다.

요시카는 나가세의 대학 동창이다. 오사카에서 태어나 오사카에 있는 대학을 나왔지만 카페를 열면서 나가세가 사는 나라로 옮겨왔다. 나가세네 집에 몇 번 놀러 온 요시카는 동네의 느긋한 분위기가 마음에 든다며 대학을 졸업하고 5년 동안 회사원 생활을 하며 모은 돈으로 카페를 열었다. 회사에 다니면서도 가게를 열 생각을 어느 정도 했다고 했지만 나가세의 눈에는 요시카의 행동이 갑작스러운 변덕으로 보였다. 회사를 그만두고 방도 뺐다, 남자하고도 헤어졌다며 2년 전 경차를 타고 나가세네 집에 쳐들어온 요시카는 그 후 몇 달 동안 얹혀살면서 방과 점포용 건물을 구하더니 나가세네를 떠났다.

50년 전에 지은 방 네 개짜리 목조 건물인 나가세네 집은 내세울 점이라고는 면적밖에 없어 여기저기 비도 새고 태풍이라도 불면 집이 온통 흔들릴 판국이지만, 요시카 한 사람 재울 공간은 충분했다. 그때의 인연으로 나가세는 요 1년 동안 요시카의 가게에서 아르바이트를 하고 있다. 시급 850엔으로 월요일부터 토요일까지, 오후 여섯시부터 아홉시까지 일한다. 1년 전에는 요시카도 나가세와 같은 공장에서 오전 근무를 했지만 어차피 월세를 내고 있으니 종일 가게를 여는 게 낫겠다며 아침부터 낮까지 혼자서 카페를 꾸려나가고 있다. 평판이 좋아 최근에는 젊은 관광객이 찾아보는 무가지에도 실려 동네 밖에서도 손님이 찾아오기 시작했다. 이 동네는 사원과 절이 많아 주말, 평일 가리지 않고 나이 많은 관광객도 자주 찾아오기 때문에 매일 가게를 여는 보람이 있다고 요시카는 말했다.

"내 거랑 같이 끓여서 뜨거워."

요시카는 나가세의 전용 머그컵을 나가세 앞에 내려놓고 그대로 옆에 앉았다. 둘이서 나란히 앞 건물 2층 미용실을 바라보았다. 미용사인지 수습생인지 모를 젊은 여자가 빗자루를 손에 들고 고개를 기울인 채 생각에 잠겨 있었다. 요시카는 일주일에 한 번꼴로 저 가게에 배달을 간다는데, 나가세는 저곳에서 머리를 잘라본 적이 없다. 전에 다니던 회사를 그만두고 나서 몇 년 동안 미용실에 가지 않았다. 지금도 그렇지만 지금보다 훨씬 돈이 없었고, 누군가와 잡담을 해야 한다는 사실이 두려웠다. 머리카락은 집에서 직접 잘랐다. 저런 미용실에서 잘랐으면 조금은 봐줄 만했을까? 나가세는 생각했다. 이럭저럭하는 사이에 앞 건물 미용실을 나서는 손님 같은 헤어스타일은 어울리지 않는 나이가 되리라는 생각도 했다.

"있지, 소요노가 또 문자 보냈더라." 이가 빠진 머그컵을 테이블 위에 쿵 내려놓은 요시카는 양쪽 눈꺼풀을 주먹으로 꾹꾹 누르면서 한숨을 쉬었다. "다음에 만나는 거 어떻게 할 거냐고. 어떻게 하긴 뭘, 난 휴일이 없는데. 그런데도 막무가내로 하루쯤 괜찮지 않느냐는 거야. 루브르 미술관 전시회 있잖아, 내가 가고 싶다고 했던 거, 라면서. 시어머니한테 표를 받았다고 오래. 다 함께 모이자는 거야. 너랑 리쓰코도 불러서."

요시카는 대학 시절 친구 가운데 또 한 사람의 기혼자 이름을 꺼냈다.

"시어머니가 표를 몇 장이나 줬을까?"

"두 장이래. 어중간하기는. 너랑 리쓰코도 가게 되면 네 장 필요하잖아! 너나 리쓰코가 가기 싫다고 하면 또 어쩔 건데? 걔는 정말, 어째서 그렇게 생각이 없는지!" 요시카는 머리 뒤로 깍지를 끼고 의자에 기대어 등을 젖히더니 천장에 대고 푸념했다. "아아, 정말 만나기 싫어. 만나기 싫어. 만나기 싫어 죽겠어!"

고개를 저으며 발을 버둥거리는 요시카는 어른스럽지 않았다. 하지만 요시카가 소요노를 만나기 싫어하는 데는 그만한 이유도 있었다. 지금까지 두 사람 사이에 쌓인 앙금이 있기 때문이다. 요시카는 대학 시절부터 이따금 다른 친구들보다 소요노가 더 신경 쓰이는 것 같다는 말을 하곤 했다. 대학교를 졸업하고 바로 결혼한 소요노와 회사에 취직한 요시카는 졸업 후 5년 동안 전혀 다른 삶을 살았지만 요시카가 소요노에게 "회사 그만두고 가게를 차릴 거야"라고 연락하자 갑자기 소요노 쪽에서 빈번하게 문자와 전화를 하기 시작했다. 무심코 한가하다는 말을 흘린 탓인지도 모른다고 요시카는 반성했다. 카페를 처음 열었을 때는 시어머니와 남편에 대한 불평과, 이웃 주부들과 원만히 지내지 못하겠다는 소요노의 고민을 얌전히 들어주었다. 그렇지만 가게 일이 점점 바빠지기 시작하고 소요노가 똑같은 소리를 하고 또 한다는 사실을 깨닫자 요시카는 차츰 소요노의 이야기를 듣는 게 고통스러워졌다. 바쁘니까 다음에 다시, 하고 요시카가 말을 돌렸더니 소요노는 느닷없이 고베에서 나라까지 아이를 데리고 가게로 찾아와, 처음에는 생글거리다가 결국 평소와 다름없이 불평을 늘어놓고 돌아갔다고 한다. 요리나 차를 준비하는 카운터 앞 대기용 소파에 앉아 요시카가 일하는 사이에도 계속 말을 걸었다고 한다.

게다가 그 꼬맹이. 요시카는 소요노의 아들 얘기를 할 때면 늘 얄미워 죽겠다는 듯이 얼굴을 찌푸린다. 일하는 주방에 들어와서 알짱거리질 않나. 냉장고 속 케이크를 달라고 떼를 쓰질 않나. 안 된다고 하면 노려보고 급기야 날 아줌마라고 불렀다니까!

요시카가 소요노에게서 결정적으로 돌아선 데는 사실 마지막 문제가 가장 큰 영향을 미친 듯했지만, 미묘한 연령이기는 마찬가지라 잠자코 있었다. 소요노에게는 일곱 살짜리 아들과 다섯 살짜리 딸이 있다. 곤란하게도 소요노와 그 사실은 떼어놓고 생각할 수가 없다. 아이와 부모가 별개의 존재라는 것은 거듭 이해하는 바이지만, 소요노가 너무 아이와 가족과 살림에 대한 이야기만 하니 소요노라는 개인은 눈에 보이지 않는다.

본인에게 그런 말을 하면 길길이 화를 낼까? 나가세는 생각했다. 나가세는 오랫동안 어머니와 둘이서 살고 있지만 누가 어머니와 자신을 동일시한다면 당연히 위화감을 느낄 것

이다. 리쓰코도 남편과 유치원 졸업반인 딸이 있고 그 밖에
도 결혼한 친구는 많은데, 소요노만 유독 가족이라는 이미지
를 두르고 있다. 그것도 결혼한 이후의 가족 구성으로.

"다음 주 이후라면 우리 일정에 다 맞출 수 있다면서, 전시
회가 끝나기 전에 한 번 모이자는 거야. 아아, 기한까지 정했
어." 요시카는 적당히 식은 홍차를 벌컥벌컥 들이켰다. "안
가면 안 될까?"

비장한 얼굴로 이쪽을 보는 요시카의 표정을 그대로 따라
하며 나가세는 정 싫으면 말해, 넌 가게도 있고, 하고 대답했
다. 요시카는 그 말을 듣고도 조금도 기쁘거나 마음이 가벼
워진 기색이 없었다. 홍차를 다 마시고 일어난 요시카가 카
운터 너머 주방으로 들어갔다. 나가세도 그 이상 소요노가
제안한 모임 이야기는 꺼내지 않고 창가로 다가가 상점가 출
입구를 지켜보았다. 폐점 후에 자주 차를 마시러 오는, 상점
가 안 중고 레코드 가게 점원 아가씨가 지친 기색으로 이쪽
으로 걸어오는 모습이 보였다. 저 사람은 가게에 들어올지도
모른다.

다음 손님이 오기 전에 뭔가 요시카에게 하고 싶은 말이
있었는데, 하고 잠시 생각하던 나가세는 입체 그림책 제작법
책을 작은 의자 위 제자리에 돌려놓으러 갔다.

"공장 라커룸에 말이야. 세계일주 크루즈 여행 포스터가 붙어 있었어."

"응. 이 주변에서도 많이 봤어."

요시카는 컵과 유리잔을 마른행주로 꼼꼼히 닦으며 나가세 쪽은 보지도 않고 냉큼 대답했다.

"163만 엔이잖아, 그거. 잘 생각해보니 내 공장 연봉하고 거의 같지 뭐야. 작년하고 재작년엔 보너스도 안 나왔으니까. 그럼 정말 2만 6천 엔 차이밖에 안 나. 집에 가는 버스 안에서 계산해봤거든."

나가세의 말에 요시카는 순간 고개를 들었다. 그러고는 아아, 하고 멍하니 대꾸하고 다시 마른행주로 그릇을 닦기 시작했다.

"너의 1년은 세계일주하고 거의 같은 무게인 셈이네. 흐음."

2만 6천 엔은 간식하고 속옷값이고, 라고 요시카는 혼잣말을 했다.

"그 무게는 무거운 걸까, 가벼운 걸까?"

"잘 모르겠지만 굳이 따지자면 가볍지는 않을 것 같아." 요시카는 컵에 행주를 쑤셔 넣은 채로 음, 하고 천장을 올려다보았다. "스물아홉 살인 지금 이 순간부터 서른 살이 될 내년 오늘까지 꼬박 들여 세계일주라. 왠지 동화 같은 느낌도 들

26

어. 그 1년 사이에는 나이를 먹지 않게 해준다거나 다른 세계에 다녀왔더니 시간이 거의 흐르지 않았습니다, 이런 느낌이랄까. 설명을 제대로 못하겠네. 뭐, 나이야 말하는 사람 마음이잖아. 사실 스물아홉이나 서른이나 구체적인 차이도 없으니까."

"만일 내가 공장 연봉을 전부 거기에 쏟아붓는다면, 그 1년은 크루즈 여행을 위한 1년이지 나의 1년은 아니라고 할 수 있다는 뜻이야?"

나가세가 요약해서 다시 묻자 요시카는 자신 없는 말투로 아아, 응, 그런 느낌, 하고 다음 컵을 들었다. 나가세는 멀거니 선 채 카운터 안에서 일하는 요시카의 팔을 응시하며 요시카의 의견에서 자신이 고민할 시간을 가질 핑계가 보일 때까지 가만히 기다렸다.

살기 위해 박봉을 받으며 일하고 푼돈으로 생명을 유지한다. 동시에 공장에서 보내는 모든 시간을 세계일주라는 행위로 바꿀 수도 있다. 나가세는 고개를 갸웃거렸다. 세계일주가 자신의 생활에 돌멩이를 던지는 것 같았다. 위험하다. 하지만 뭐가 위험한지 제대로 설명할 수 없다. 설령 최종적으로 크루즈 여행을 떠나지 않더라도 앞으로 1년 동안 163만 엔을 꼬박 저금하는 건 조금도 잘못된 생각이 아니라는 핑계가 떠올랐다.

지금까지 낡은 집을 수리한다는 명목으로 막연히 저금을 해왔다. 하지만 그 목적은 벌이에 비해 너무 높은 목표라 구체적으로 상상하기 어려웠다. 나는 집을 위해서만 사는 게 아니다.

"너, 팔에 문신을 새기고 싶다던 건 어떻게 됐어?"

고개를 들어 외부 계단을 올라오는 발소리에 귀를 기울이며 요시카는 그릇을 내려놓고 물컵을 들었다.

"그러고 보니 그런 소리도 했지."

나가세는 책을 읽던 테이블에서 쟁반을 들고 와 요시카가 물을 따른 컵을 건네주기를 기다렸다. 계단을 올라오던 발소리가 멎었다. 방금 전 상점가에서 나온 중고 레코드 가게 점원이 고개를 수그린 채로 가게 문을 열었다. 어서 오세요. 요시카는 또렷한 목소리로 그녀를 맞이했다.

요시카의 가게에서 돌아오는 길에 자전거를 타고 달리는 동안에도 나가세는 마음이 붕 떠 있었다. 크루즈 여행을 떠나고 싶다고 진지하게 바라는 건 아니었지만, 공장에서 보내는 시간이 통째로 세계일주로 이행된다는 사실이 머리에서 떠나지 않았다.

자전거 전조등이 소매치기 출몰 주의라고 적힌 간판을 비추었다. 매일 보는 간판이라 딱히 눈길도 가지 않았다. 다만 나가세는 자전거 전조등은 앞바퀴가 회전하는 힘 하나로 불이 들어오다니 굉장하구나, 나도 그 정도 연비를 낼 수 없을까, 하고 생각했다.

집 근처 조금 넓은 교차로 신호등의 파란불이 깜빡거리다가 빨간불로 바뀌었다. 나가세는 브레이크 레버를 살짝 당겨 속도를 줄이려 했다. 하지만 어쩐지 반응이 약해 레버가 안쪽으로 힘없이 꺾였다. 반대로 바퀴는 속도가 떨어질 기미가 전혀 없었다. 나가세는 공포를 느꼈다.

자전거를 세우고 바퀴를 살펴보고 싶어도 뛰어내릴 수 있을 만큼 속도가 줄지 않아 몸에 힘을 주고 빨간불을 응시하며 차가 오지 않기만을 바랐다.

신호등이 있는 교차로에 접어들 때 자동차의 헤드라이트 불빛이 나가세의 몸 측면을 비추었다. 브레이크 레버를 몇 번이나 다시 쥐었지만 역시 바퀴는 멈출 줄 몰랐다. 자동차 운전자는 빨간불이라 나가세가 멈출 거라고 생각했는지 그대로 도로를 직진했다.

별안간 상체가 땀에 흠뻑 젖는 것을 느끼며 나가세는 왼쪽으로 급히 핸들을 꺾었다. 그대로 모퉁이를 돌아 직진하다가 인도 쪽으로 우뚝 선 전봇대에 충돌했다. 한참 전부터 페달은 밟지 않았고 핸들을 움켜쥐고 있어 크게 놀라지는 않았지만, 처음으로 스스로 전봇대에 처박은 충격은 결코 작지 않았다.

나가세는 자전거에서 내려 한참 멍하니 보행자용 신호를 바라보았다. 신호가 빨간색에서 파란색으로 바뀌었지만 꼼짝 않고 서 있었다. 그러는 사이에도 브레이크 레버를 쥐었다 풀었다 했으나 역시 반응은 없었다.

뭐야, 이거. 뭐야, 이거.

묘하게 숨이 가빴다.

집까지 자전거를 끌고 가 차고에서 바퀴를 살펴보니 브레이크를 걸었을 때 타이어 안쪽에 마찰을 일으켜 움직임을 제어하는 패드 같은 부품이 제자리에 없었다. 아마도 요시카의 가게에 있을 때 누가 장난삼아 훔쳐 간 모양이다.

짜증스러운 것도 아니고 부품을 훔쳐 간 사람에게 화가 난 것도 아니었다. 다만 진정되지 않는 마음으로 계속 솟구치는 이마의 땀을 닦았다.

멈추지 못하고 교차로에 뛰어든 순간 자신을 비추었던 헤드라이트 불빛이 아직도 어른거리는 듯했다. 그때의 공포가 다시 나가세의 몸을 와락 뒤덮었다.

깊게 숨을 쉬고 공포가 가시길 가만히 기다리며 나가세는 차고의 전등을 올려다보았다.

"알았어. 모을게."

입 밖으로 그런 말이 흘러나왔다. '무서웠어'도 아니고 '도둑놈 죽어라'도 아닌 엉뚱한 말이었지만 의외는 아니었다.

차에 치일 뻔했을 때 죽을지도 모른다고 통감한 것은 사실이다. 그 일이 뭔가 나가세의 마음속에 있는 스위치를 누른 듯했다.

나가세는 어째선지 넘치는 에너지를 느끼며 자전거 앞뒤 타이어에 바람을 넣기 시작했다. 일찌감치 일어나 자전거 가게에 자전거를 맡기러 가야겠다. 그러고 보니 자전거 가게에 수리를 맡기면 타이어에 바람 정도는 넣어주었을 텐데. 괜한 고생을 했다 싶었지만 그리 낙심하지는 않았다.

차고 셔터를 힘차게 내리고 나가세는 집으로 성큼성큼 걸어갔다. 공포는 사라져갔다. 대신 163만 엔이라는 글자가 머릿속에 아로새겨지려 했다.

절약하자. 일단 월급 통장을 비우고, 지금까지 모은 예금은 다른 계좌로 옮기자. 딱 1년만, 요시카네 가게 아르바이트와 컴퓨터 강의 수입으로 살아보자.

계획이 차례차례 고개를 드는 게 즐거웠다. 오랜만에 살아 있는 기분이었다.

𐂏

　민영 전철로 몇 정거장 떨어진 곳에 살면서도 산노미야에
는 좀처럼 가지 않는다는 소요노는 가이드북을 몇 권이나 끌
어안고 있어 다른 지역에 사는 나머지 세 사람보다 더 관광
객처럼 보였다. 루브르 미술관이 소장한 프랑스 왕가의 보물
을 보러 온 사람들의 행렬 속에 나란히 줄을 선 소요노는 혼
자서 가이드북을 뒤적거리며 이 가게에 가보고 싶다, 여기서
뭐든 사고 싶다며 들떠 있었다. 모리사와 씨가 주말에는 늘
집에 있으니 좀처럼 놀러 나갈 수가 없어서, 라고 소요노는
웃으며 자꾸 되풀이했다. 모리사와 씨는 소요노보다 세 살
많은 그녀의 남편으로, 소요노가 대학 1학년 때부터 사귀던
상대였다.

　세 사람 중 나가세가 주로 소요노를 상대했다. 요시카는 애
초에 소요노를 만나는 일 자체를 꺼렸던 터라 소요노가 무슨
말을 해도 겨우 두어 마디 대꾸하며 그저 어색한 웃음으로
고개만 끄덕이는 게 이해가 갔다. 그렇지만 줄곧 마음이 딴
데 가 있는 사람처럼 구는 리쓰코의 태도는 조금 이상하다

싶어 마음에 걸렸다.

"나라도 좋지, 나라. 조만간 또 가고 싶어."

"온통 절뿐이야. 볼 것도 없어."

"그래? 그럼 요시카가 우리 집에 놀러 와. 모리사와 씨랑 아이들도 기뻐할 거야."

"오늘 가게를 쉬었으니 당분간 휴일도 없이 가게를 열어야해. 그러니 못 가."

자꾸 어긋나는 소요노와 요시카의 대화를 듣는지 안 듣는지, 리쓰코는 어쩌다 생각났다는 듯 힘없이 웃기만 할 뿐 거의 입을 열지 않았다.

행렬에서 해방되어 어두운 조명 속 전시실로 들어갈 무렵에도 목소리만 조금 낮추었을 뿐 소요노의 수다는 계속되었다.

"큰애가 말이야. 가게 하는 그 아줌마 이름이 뭐냐고 묻기에 요시카라고 가르쳐줬더니, 나라에 살아서 그런가, 하고 혼자 고개를 끄덕이는 거야. 그래서 내가 그게 무슨 말이냐고 물었더니 나라에는 사슴*이 잔뜩 있으니까 요시카인 거잖아! 라지 뭐야."

"내 고향은 나라가 아니라 오사카 가도마니까 아무 상관도

---

*사슴은 일본어로 '시카'이다.

없다고 얘한테 말해."

요시카는 노골적으로 쌀쌀맞게 굴었지만 소요노는 전혀 아랑곳없이 얘한테 가도마라고 하면 알아듣겠니, 하고 종알거렸다.

소요노나 그 아들 입장에서 보면 가게를 한다는 것만으로도 요시카는 입에 올리기 쉬운 존재이리라. 공장에서 일하며 친구 가게에서 아르바이트를 하고, 토요일은 상공회의소에서 노인을 상대로 컴퓨터 강사 일을 하면서 이따금 집에서 데이터 입력 부업도 하는 나가세에 비하면 하는 일이 명확하다.

전시실에 들어가자 리쓰코는 마음을 놓은 듯 전시품과 해설판을 보면서 가끔 한숨을 쉬기도 했다. 나가세도 호화로운 물병과 코담뱃갑과 시계, 수프 접시를 바라보며 이 중 하나라도 집에 있으면 좀 더 일할 의욕이 솟아나지 않을까 생각했다.

정교한 복제품이라도 좋으니 이런 물건을 사고 싶다. 이참에 코담배를 피워보는 것도 좋을지 모르겠다. 얼마나 할까. 할부로 사야 할 정도로 비쌀까? 진지하게 고민을 하다가 나가세는 곧 마음을 고쳐먹고 고개를 흔들었다. 내게는 세계일주가 있다. 그걸 위해 163만 엔을 저금해야 하는데 엉뚱한 샛길로 빠질 때가 아니다.

왜 그래? 오늘 처음으로 리쓰코가 말을 걸었다. 나가세는
목을 움츠리며 저런 물건을 갖고 싶은데 살 수 있는 입장이
아니잖아, 나도 참 바보 같지, 하고 대답했다. 리쓰코는 원피
스를 입고 머리를 말아 올린 중년 부인의 어깨 너머로 작고
아름다운 세공품을 들여다보며 우리 딸이라면 갖고 싶어 할
지도 모르겠네, 그 나이에 담배를 피우면 곤란하지만 말이야,
라고 말했다.

리쓰코는 대학교를 졸업하고 3년 남짓 기계 부품을 다루
는 작은 기업에서 경리로 일했는데, 입사 2년째 되던 해 지금
의 남편과 결혼했다. 상대는 나가세가 잘 알지 못하는 분야
의 동아리에서 만난 남자 친구였다. 네 사람 가운데 재학 중
에 부기 자격증을 따는 등 가장 취업에 열심이었던 리쓰코가
3년도 되지 않아 회사를 그만둔 것은 의외였다. 남편이 간절
히 원했다고 한다. 뭐, 아이도 생겼고, 하고 리쓰코는 말했었
다. 리쓰코의 딸은 내년에 초등학교에 들어간다는데, 무슨 색
가방을 살지 고민스럽다며 이따금 나가세도 이해할 만한 이
야기를 할 때가 있다. 하지만 그런 화제 외에 가정 이야기는
거의 입에 올리지 않는다. 나가세도 요시카도 특별히 리쓰코
에게 집안 사정은 묻지 않는다.

반대로 소요노는 자기가 먼저 집이나 이웃 이야기를 한다.

처음부터 그런 이야기를 하는 건 아니다. 나가세나 요시카에게 그때그때 어떻게 지내는지 묻지만, 결국 시어머니를 따라 연극을 보러 갔지만 눈치를 보느라 피곤했다느니 인테리어를 바꾸었는데 커튼 색을 잘못 골라 우울하다느니 하는 이야기로 빠진다.

소요노는 고등학교 교사 자격증이 있어 대학 4학년 취업 활동 때도 기업에는 거의 원서를 내지 않았다. 공립 고등학교 교사 말고는 다른 생각이 안 든다며 교원 채용 시험을 치렀지만 떨어져서, 졸업 후에 그대로 몇 년이라도 도전하겠다더니 말을 끝내기가 무섭게 같은 세미나를 듣던 오래 사귄 선배와 결혼했다. 번개 같았다. 요시카는 소요노가 처음부터 결혼할 셈으로 취업 활동을 하지 않았던 거라고 했지만 속사정은 알 수 없다. 어쨌든 나가세나 다른 친구들이 취직자리를 찾던 시기는 '빙하기'로 악명이 높아, 나가세를 비롯한 많은 취업 준비생들이 좋지 못한 직장이라도 일단 들어가고 보는 경우가 많았으므로 그 판단은 현명하다고 할 수도 있었다. 아이는 금방 태어났고 집도 바로 샀다. 시댁이 유복했기에 가능했던 일이겠지만 나가세에게는 모든 게 놀랍도록 빠르게 느껴졌다. 소요노는 네 사람 가운데 가장 맹해서 그만큼 요리나 청소 같은 가정적인 일에도 서툴렀는데 사람이 하룻밤 새에 완전히 변해버린 것 같았다. 현재 고민은 남편의 입맛이 유치해서 아이 식성에 나쁜 영향을 주지 않을까 하는 문제고, 이웃 엄마들과 친하게 지내는 일도 힘들다고 투덜대고 있다. 그래서 대학 시절 친구들은 소중히 여기고 싶다는 말을 입에 달고 지낸다.

나한테 뭐든 얘기해, 하고 소요노는 말하곤 한다. 세계일주 비용을 모으기로 했어, 라고 말하면 어떤 표정을 지을까? 의외로 적극적으로 찬성해줄지도 모른다.

그렇지만 소요노가 이른 저녁식사 장소로 고른 번화가의 가게가 아무리 봐도 너무 비싸다는 얘기는 차마 꺼내지 못했다. 세계일주를 하기로 결심했는데 이런 곳에서 만 엔 가까이 쓸 때가 아니다. 나가세 옆에 가만히 서서 말없이 가게 밖에 걸린 메뉴를 보던 리쓰코의 얼굴이 약간 창백해졌다. 나 돈 없어서 이런 덴 못 가, 라고 요시카가 딱 잘라 말했다.

"에이, 사장님이잖아?"

"돈 없다고 했지."

결국 요시카가 짜증스럽게 말하자 아니, 시어머니가 음식 값만큼 맛있는 곳이라고 해서…… 라고 소요노는 변명하면서 그럼 그냥 다른 곳으로 가자며 가이드북을 뒤지기 시작했다. 그런 소요노에게 리쓰코가 다가가더니 어깨를 두드리며 저, 난 돌아가야 하는데, 라고 조심스레 말했다.

"왜? 아직 이르잖아."

"딸을 유치원 친구 어머니에게 맡겨놔서. 너무 늦으면 안 되니 그만 돌아갈게. 미안."

리쓰코는 몇 번이나 소요노에게 머리를 숙이고 나가세와 요시카를 향해 손을 흔들었다. 요시카는 그럼 어쩔 수 없지, 하고 입을 비죽거렸고 나가세도 고개를 끄덕였다.

"에이, 남편은? 일요일인데 안 쉬어?"

소요노의 말에 리쓰코의 표정이 순간 굳었지만 곧 그래, 남편은 일요일인데 안 쉬어, 하고 소요노가 한 말 그대로 대답했다. 리쓰코는 그 말을 끝으로 묘하게 차분한 모습으로 그러니 오늘은 조금 일찍 돌아가야 해, 미안, 또 보자, 셋이서 즐겁게 놀아, 라고 말을 잇고는 가볍게 인사하고 역으로 향하는 비탈길을 내려갔다.

요시카는 나가세를 향해 얼굴을 찌푸리며 어쩔래, 하고 소리 없이 벙긋거렸다. 나가세는 의미 없이 고개를 끄덕이며 일단 두 시간 정도만 더, 라고 작게 말했다.

"내가 리쓰코 신경에 거슬리는 소리라도 했나? 어떻게 생각해?"

소요노는 걱정스레 나가세와 요시카의 얼굴을 번갈아 보

았지만 두 사람은 얼굴을 마주 보며 글쎄, 라고 대답할 수밖에 없었다.

그 후 저녁을 먹으러 산노미야 역 근처 양식집에 들어갔다. 요시카가 한동안 나가세네 집에서 신세를 졌던 일을 소요노는 부러워했다. 나가세가 집 군데군데에서 비가 샌다는 것과 지진이 걱정되어 수리를 해야 할 것 같은데 돈이 없다는 이야기를 하자 소요노는 우리도 돈이 없어, 라고 말했다.

"집을 살 때 시댁하고 친정에서 돈을 꽤 대주긴 했는데, 아이 교육비를 생각하면 대출금 갚는 일도 조금 더 도와주면 좋겠어. 학원도 보내고 싶고 미술이나 음악 공부도 시키고 싶거든. 유치원 엄마들 중에는 아이 학비를 부모님이 전부 대준다는 사람도 있는데, 좋겠어. 부러워."

나가세는 다른 나라 사람 이야기를 듣는 듯한 기분으로 소요노의 말을 들으며 일단 고개만 끄덕였다. 요시카는 대꾸하지 않고 맥주를 추가 주문했다.

여덟시가 되기 전에 양식집에서 나와 그럼 이만, 이라고 말한 뒤 헤어지려 하자 왜? 조금 더 있어도 되잖아, 라고 소요노가 붙잡았다. 우린 나라까지 돌아가야 하니까. 요시카가 그렇게 말하자 우리 집에서 자고 가도 되는데, 하고 소요노가 거듭 매달렸다. 내일은 일하러 가야 해, 하고 나가세는 웃으며 고개를 저었다.

모리사와 씨가 여기까지 차로 나올 테니 우리 집 근처 역까지 타고 가. 그럼 조금이나마 나라에 가까운 역에서 내려 돌아갈 수 있잖아. 소요노의 말을 사양하고 개찰구를 지나자 소요노는 손을 흔들면서 또 와, 다음에는 꼭 우리 집에 놀러 와, 라고 몇 번이나 말했다.

특급 열차를 타고 나란히 앉았지만 나가세와 요시카는 아무 말도 하지 않았다. 늘 얼굴을 맞대고 있으니 딱히 할 말이 없어도 상관없지만, 이대로 나라까지 간다면 심심할 것 같아 나가세는 오늘 얼마를 썼는지 수첩에 적기 시작했다. 나라-난바 구간 전철비가 왕복 1080엔, 난바-우메다 구간이 460엔, 우메다-산노미야 구간이 620엔. 그렇게 시작해 충동적으로 산 박물관 기념품 1050엔에 고베 시립 박물관에 가기 전에 들른 카페에서 쓴 1350엔과 저녁식사로 양식집에서 쓴 1150엔 등 비용을 전부 더해보니 5710엔이었다. 월급을 한 달 근무 일수로 나누면 6천 엔꼴이니 하루 노동을 오늘 모임에 쓴 셈이다. 비싼 건지 싼 건지 판단이 서지 않는다. 사치를 부린 기억은 없고 오히려 돈을 쓰지 않으려 애썼는데.

"뭐 해?"

휴대전화를 계산기 모드로 놓고 열심히 두드려대는 나가

세를 보다 못한 요시카가 수첩을 들여다보았다.

"아니, 갑자기 수입에 비해 너무 많이 썼다 싶어서."

"하지만 지난주가 월급날이었잖아, 너희 회사."

요시카는 하품 섞인 목소리로 말하더니 안도한 듯 눈을 감았다. 한동안 고베에 올 일은 없겠지. 나가세는 생각했다. 낮에 본 광경이나 나눈 이야기는 급속히 기억에서 지워져갔지만 리쓰코의 태도는 마음에 걸렸다. 나가세는 수첩에 기록했다.

-5710

다음 주부터는 더 절약할 것.


다음 한 달은 무조건 버텼다. 지난달 공장 월급은 일단 비운 계좌에 통째로 들어가 있다. 전에도 딱히 화려한 생활을 누린 건 아니었으니 특별히 힘들지는 않았다. 외출을 최대한 자제하고 손수 만드는 도시락 반찬을 수수하게 바꾼 정도였다. 음식물 외에는 거의 사지 않았다. 그러다보니 지금까지 힘들다, 힘들다 하면서도 용도가 불분명한 물건을 일상적으로 구입했다는 게 선명히 보였다.

"뭐야, 나가세 씨. 항상 그 포스터를 보던데, 가고 싶은 거야?"

점심시간이 끝날 무렵 의자를 벽 쪽으로 돌리고 집에서 가져온 차를 마시며 포스터를 멍하니 올려다보고 있는데 오카다 씨가 물었다. 꼭 가고 싶은 건 아닌데요. 나가세는 대답했다. 그러고는 이미 질릴 정도로 본 아우트리거 카누를 탄 파푸아뉴기니 소년의 사진에서 시선을 떼고 의자를 테이블 쪽으로 돌렸다.

"너무 포스터만 들여다보니까 우울증 아닌가 걱정이 돼서. 처음에 여기 왔을 때가 생각나서 말이야."

나가세는 요즘은 그 정도로 쭈뼛거리지 않아요, 하고 웃으며 물통 뚜껑을 덮었다. 물통도 독일제라 은근히 낭비를 하고 있었다는 생각이 들었다.

"사실은 나야말로 세계일주나 떠나고 싶어. 정말이지, 집안 사정이 복잡해서 우울증에 걸릴 것 같아."

오카다 씨는 웃으면서 손을 뻗어 두 장의 포스터를 찰싹 때렸다. 복잡한 사정이라니 뭐가요? 그 사정을 제때에 묻지도 못하고 쉬는 시간이 끝났다. 오카다 씨는 남편이 있고 아들도 둘이나 있으니 그야 복잡한 사정도 많을 것이다. 그에 비하면 나는 돈만 낭비하지 않으면 되니 힘들다고 투정 부리면 한심하겠지. 나가세는 자신을 질책하며 라인 작업으로 돌아갔다. 그날은 요시카가 가게를 닫는 날이라 그 때문에 빠지는 2550엔을 무엇을 절약해 보충하면 될지 고민하느라 여념이 없었다. 일을 마치고 라커룸에서 차를 마시면서도 줄곧 돈 문제만 생각하느라 퇴근 후 세 차례 운행되는 통근 버스도 막차를 겨우 탔다.

사람이 거의 없는 버스 안에서 흔들리며 대략 CD 한 장 값인가, 생각하다가 요즘은 인터넷 라디오만 들어서 CD도 사지 않았다는 사실을 깨달았다. 한 달 치 인터넷 요금도 그 정도다. 나가세의 집이 있는 구역은 광랜도 케이블 방송도 들어오지 않아 아직 1메가짜리 ADSL로 인터넷을 이용한다. 한때 어째서 이 주변은 이렇게나 원시 그대로일까 화를 내기도 했지만, 이웃에서 자기 말고 60세 이하로 보이는 사람을 구경한 적이 없었다는 걸 깨닫고 화낼 마음도 사라졌다. 통신 회사가 문화 후진 지역으로 여기는 곳에서 벗어나지 못하는 한심한 자신이 잘못이라고 나가세는 체념했다. 조만간 휴대 전화 전파도 위태로워질지 모른다.

기온이 33도를 넘는 날이라 적당히 냉방이 되는 요시카의 가게에 있을 수 없는 게 괴로웠다. 집의 에어컨은 15년이나 되어 너무 춥거나 미지근한 바람이 나오거나 둘 중 하나다. 온도 조절이 제대로 되기는 하는지 의심스럽다.

공장에서 정시 퇴근해서 바로 집으로 돌아가는 경우가 거의 없다보니 뭘 할지 고민해야 하는 것도 울적했다. 그것도 무급으로. 할 일이 없으면 멍하니 쉬면 되지 않느냐고 사람들은 말하지만 그런 시간이 나가세에게는 고통스러웠다. 뭔가를 하지 않으면 불안했고, 가능하다면 그 시간에 푼돈이라도 좋으니 돈을 벌고 싶었다.

토요일 컴퓨터 수업 시간에 쓸 자료라도 만들까, 데이터 입력 부업을 미리 해치울까, 그런 생각을 하며 자전거를 몰다 보니 어느새 집 앞이었다. 어머니와 아직 미취학 아동으로 보이는 어린 소녀의 모습이 보였다. 두 사람은 다리를 벌렸다 오므렸다, 뛰었다 웅크렸다 하며 놀고 있는 듯했다.

늦었어. 나가세의 모습을 본 어머니가 불평을 하자 소녀는 조금 가느다란 눈을 부릅뜨고 나가세를 쳐다보았다. 낯익은 아이였다.

"에나 아니니?"

소녀는 고지식하게 꾸벅꾸벅 고개를 끄덕였다. 리쓰코의 딸 에나였다. 이 아이가 어째서 이런 곳에 있을까. 설마 이 지역의 평균 연령을 낮출 목적으로 파견된 건 아닐 테지?

"왜 여기 있어? 어째서 우리 어머니랑? 리쓰코는 어디 있니? 왜 이런 곳에 있어?"

어른답지 못할 정도로 질문 공세를 퍼붓자 에나는 으음, 하고 고개를 갸웃거렸다.

"리쓰코는 음료수를 사러 갔다. 네가 좀처럼 돌아오지 않아서 말이야. 내가 열쇠 챙기는 걸 깜빡했지 뭐니. 오늘 요시카네 가게가 휴일이라고 해서 빨리 돌아올 줄 알고 괜찮겠다 싶었는데 늦었구나."

그렇지? 하고 어머니가 어째선지 에나에게 동의를 구하며 고개를 기울이자 에나는 아는지 모르는지 헤헤, 하고 어깨를 늘어뜨리며 웃었다.

한마디 하려고 어머니를 향해 입을 열려는데 죄송합니다, 죄송합니다, 하고 리쓰코가 편의점 봉투를 들고 다가왔다. 어머니와 에나는 녹차, 녹차, 하며 리쓰코에게서 봉투를 받아 저마다 좋아하는 상표의 음료수를 꺼내 들었다.

"무슨 일이야?"

상황에 휩쓸릴 것 같아 일단 리쓰코에게 한마디 묻자, 리쓰코는 고개를 들고 눈길을 떨어뜨리더니 한쪽 눈만 크게 뜨고 머뭇머뭇 입을 움직여 말했다.

"집, 나왔어."

요시카가 이쪽에 왔을 때 한동안 너희 집에 묵었다는 게 생각나 혹시 잠깐 신세를 질 수 없을까 싶어서. 리쓰코는 빠르게 말을 이었다.

"미안, 정말 미안. 너희 집밖에 생각이 안 나서."

옆에서는 에나가 어머니에게 녹차 페트병 입구에 덤으로 달린 장식 고리를 건네고 있었다. 아줌마, 어른인데 이런 게 갖고 싶어? 에나가 물었다. 어머니는 이거 모으고 있거든, 하고 태연히 대답했다.

고향이 후쿠오카인 리쓰코는 나가세와 마찬가지로 홀어머니 밑에서 자랐다. 친정에 돌아가려 해도 그 교통비조차 없다고 했다.

결혼할 때 앞으로 이래저래 돈이 들 테니 저금을 합치자는 남편의 말에 내키지 않았지만 그렇게 했다. 어쨌든 앞으로 전업주부가 되어 소득도 없을 테고, 최종적으로는 좋은 가정을 꾸리기 위해 큰 금액은 아니지만 자기 저금도 보태는 게 도리라고 판단했기 때문이다. 맨션을 살 때 계약금으로 돈을 쓰려고 했는데, 집에서 나온 지금도 그 생각에서 벗어나지 못하는 게 분하다며 리쓰코는 자조 섞인 웃음을 지었다. 얼마나 되는지 묻자 200만 엔이라고 대답하면서 리쓰코는 고개를 숙였다.

어머니와 에나는 저녁 장을 보러 나갔다. 어머니는 카레를 만든다고 했다. 오늘은 일단 두 사람을 집에서 재우겠다고 하자 어머니는 그럼 요시카가 지냈던 방에서 묵으라고 할까,

하고 아무렇지도 않은 투로 말했다.

리쓰코가 전업주부가 될 때 몹시 망설였던 일을 나가세는 기억한다. 결국 그만큼 망설이고 고민한 시점부터 결혼 생활을 유지하기란 무리였을까. 이제 와서 그런 생각이 들었다. 직감에 가까웠을지도 모른다. 소요노가 친구들에게 아무 의논 없이 차례로 인생의 선택을 내렸던 것처럼.

"전혀 대화가 없어." 리쓰코는 페트병 음료를 따른 눈앞의 유리잔은 건드리지도 않고 시선을 떨어뜨리며 말을 이었다. "밥을 차려줘도 마음에 들지 않으면 손도 안 대고 혼자서만 배달 음식을 시켜. 딸 때문에 의논 좀 하려고 해도 거실에서 게임만 하고."

남편은 리쓰코에게는 아무 말도 없이 50인치 플라스마 텔레비전을 구입했다고 한다. 차도 바꾸고 싶어 안달을 부리기에 잔소리를 했더니 집에만 있는 너한테 그런 말을 할 권리가 있느냐며 듣는 시늉도 하지 않았단다. 차를 좋아하는 주제에 함께 외출할 때는 늘 리쓰코가 운전하게 했고, 뒷좌석에서 마음이 내키면 에나와 놀아주다가도 조금이라도 피곤하면 리쓰코에게 "애 입 좀 다물게 해"라고 말했다고 한다.

나가세가 기억하기로는, 리쓰코가 전업주부로 남길 바란 것은 처음부터 남편 쪽이었다. 몇 번 만나본 바로는 잘 떠들고 잘 웃는 사람이라는 인상이었다. 그때도 집에 돌아가서는 입을 다물었던 걸까. 아이를 무척 좋아한다고 했었다.

"어째서 아이까지 낳았을까. 그런 생각까지 들기 시작해서 안 되겠다 싶었어. 그걸 탓할 정도라면 일단 거리를 두는 게 낫지 싶어서. 마침 아이 유치원도 여름방학이라."

미리 연락 못 해서 미안, 하고 리쓰코가 사과했다. 집에 묵는 일 자체는 아무래도 상관없었다. 그렇지만 리쓰코가 그런 사정을 끌어안고 앞으로 살아가야 한다는 사실에 대해 자기가 괜한 신경을 써버리게 될 듯해 나가세는 벌써부터 마음이 무거웠다.

"저기, 일단 친정에 돌아갈래? 전화로만 말하는 것보다 어머니하고 직접 만나는 게 나을 텐데, 어떻게 할래?"

돈 빌려줄게, 라는 말이 튀어나왔다. 그런 여유는 전혀 없는데도. 나가세는 세계일주가 한 걸음 멀어지는 것을 냉정한 머리로 인식하면서 내가 대체 무슨 소리를 하는 걸까 생각했다.

리쓰코는 한참 고개를 떨구고 있다가 이윽고 얼음이 다 녹아버린 유리잔의 녹차를 들이켜고 코를 훌쩍이며 미안하다고 말했다.

그날 밤, 어머니와 리쓰코와 에나가 잠든 후에 나가세는 가까운 JR 나라 역에서 하카타까지의 운임을 검색해보았다. 신칸센 자유석을 정규 요금으로 이용한다고 쳤을 때 편도 14,290엔이 대충 가장 싼 요금이었다. 나가세는 통근용 가방에서 수첩을 꺼내 펼치고 계산기를 두드리며 한참 고민하다가 휘갈겨 썼다.

-28,580?

'너무 통이 큰가?' 약 사흘하고 반나절 치 노동. 그냥 가만히 누워서 공장이나 카페 일을 쉰다고 생각하면 된다. 나가세는 자신을 속였다. '리쓰코라면 갚을 거야. 역시 너무 통이 큰가?'

리쓰코는 열흘쯤 친정에 머물다가 다시 나라로 돌아왔다. 정규직 일자리를 찾으려니 좀처럼 좋은 자리가 없다며 이쪽이 그나마 낫다고 했다. 아르바이트 자리는 어느 정도 있지만 독신이라면 몰라도 아이가 있으니 그런 벌이로는 안 되고, 어머니 상황도 복잡하다며 리쓰코는 고개를 저었다. 상황은 나가세와 비슷했다. 리쓰코의 아버지는 리쓰코가 초등학생 때 돌아가셨다. 이후 어머니는 친정으로 돌아왔지만 집이 이미 너무 낡아 사람이 지내기 힘든 형편이었다. 리쓰코의 어머니는 퇴직을 앞두고 있어 조만간 맨션을 장만할 계획이라고 했다. 그쪽에서 살 수는 없느냐고 나가세가 묻자 안 될 건 없지만 아무래도 방이 하나인 집을 구하게 될 테니 셋이서 살기는 버거울 거라고 리쓰코는 고개를 가로저었다. 그러면서 에나가 독립할 때 자기만 친정으로 돌아갈 수도 있겠지만 그것도 몇 년이나 걸릴지 누가 알겠느냐고 덧붙였다.

"어머니한테 이쪽으로 나와 맨션을 찾아보라고 말하기도 어려우려나."

"그건 아무래도. 뭐, 생각은 해볼게."

결혼은 하지 않았지만 나가세에게 리쓰코의 이야기는 남일이 아니었다. 50년 된 이 집도 언제 무너질지 모른다. 세계 일주를 결심하기 전에도 묵묵히 저축했던 것은 집수리 비용 때문이었다. 어머니와는 그 문제에 대해 이따금 의논하지만 그럼 차라리 고베에서 살아보고 싶네, 교토도 좋네 하는 그다지 현실적이지 못한 말만 했다.

"남편하고 의논할 일도 있으니, 뭐, 한동안 이쪽에 있을 거야. 아파트를 찾아야지."

"그러려고 해도 일단은 돈이……"

"그래, 그렇지."

리쓰코는 팔짱을 끼고 유난히 큰 밥상에 얼굴을 묻었다. 그런 모습을 보고 있자니 나가세는 남편에 대한 불만을 리쓰코가 참아야 하지 않았을까, 하는 생각이 들었다. 상관없는 사람이라면 아무 말이나 할 수 있지만 차마 친구가 처한 상황에 대해 생활을 위해 그냥 참지? 라고 쉽게 말할 수는 없다. 애초에 결혼할 때 저금을 합친 것부터가 문제였다는 생각도 들었지만, 결혼을 결심한 사람이 이혼할 때 뭘 가져갈지 나누자고 처음부터 결정할 리 없다. 그런 짓을 할 수 있는 부부는 나가세가 아는 범위에서는 마이클 더글러스와 캐서린 제타 존스 정도다. 그러고 보니 예상과 달리 그 부부는 오래가네, 하고 나가세가 아무 생각 없이 말하자 리쓰코는 하하하, 하고 메마른 웃음을 터뜨렸다.

소요노가 이혼한다면 어떻게 될까? 나가세는 거의 가능성 없는 일을 생각했다. 소요노는 일도 해본 적 없고 친정에 돌아가도 일자리가 있을 성싶지 않다. 하지만 그런 낌새가 전혀 없는 걸 보면 소요노 같은 사람은 애초부터 가정에서 다투지 않도록 태어난 건지도 모른다. 나가세는 운명이라는 것을 믿을 뻔했다.

어쨌든 조금 안정될 때까지 우리 집에서 지내, 지진이나 태풍이 오면 금방 무너질지도 모르지만. 나가세가 리쓰코에게 한 제안을 어머니도 받아들였다. 그것도 나가세보다 훨씬 적극적으로, 에나는 내가 돌볼 테니 오래오래 있으라며 자신

있게 큰소리쳤다. 죄송합니다, 잘 부탁드리겠습니다, 하고 리쓰코는 몇 번이나 고개를 조아렸다.

소요노는 이 사실을 알게 된 후로 나가세나 어머니가 없는 오전부터 저녁 사이에 빈번히 전화를 걸기 시작했다. 힘들겠지만 다들 그쪽에 모여 있으니 재미있겠다, 라고 했다고 한다. 밤에 마침 집에 들렀던 요시카는 그 이야기를 듣고 코웃음을 쳤다. 리쓰코는 반쯤 웃으며 그럼 다음 주부터 소요노네 집에서 신세를 질까, 하고 전화기를 내려놓으며 말했다고 한다.

리쓰코는 남편과 의논해본다던 일이 어떻게 되고 있는지 거의 입에 담지 않았다. 하지만 이따금 밤늦게 마당 구석에서 낮은 목소리로 통화하는 모습이 보였다. 어둠 속에 웅크린 리쓰코는 모기에 물린 자리를 긁으며 휴대전화를 들고 떨리는 목소리로 이야기했다.

제대로 자리 잡기 전에는 어디 있는지 말 안 할 거야. 내가 결혼할 때 가져간 돈, 절반이라도 좋으니 돌려줘. 새로 시작하려면 에나가 아직 어린 지금밖에 기회가 없어.

이렇게 될 줄 몰랐어. 나야말로 몰랐어.

억누른 목소리로 리쓰코는 말했다. 누구든 그럴 것이다. 2층 창문으로 마당에 있는 리쓰코를 내려다보며 나가세는 생각했다. 딱히 엿보려던 게 아니라 그저 방충 스프레이를 건네주고 싶었을 뿐인데 타이밍을 가늠할 수가 없었다.

참아봤자 상처만 된다는 말을 왠지 알 것 같았다. 나머지는 운이다. 인간의 결혼이란 게 그런 불확실한 감정 위에 성립된다고 생각하자 오싹했다. 그에 비하면 돈을 모아 세계일주 크루즈 여행을 하고 싶다는 생각은 파란불에서 빨간불로 바뀌는 신호처럼 명확하다.

나가세는 사람에 비해 돈은 충실한 편이라고 생각하며 컴퓨터 옆에 둔 로또 용지를 보면서 한숨을 쉬었다. 점심시간에 공장의 같은 라인에서 일하는 사람이 로또로 푼돈을 벌었다는 말을 들었다. 오후 작업 때 계속 신경이 쓰여 돌아가는 통근 버스에서 내리자마자 그 달음으로 판매소로 향했다. 로또를 사기는 처음이었다. 당첨 여부는 아직 알 수 없지만 지금은 후회하고 있다. 리쓰코에게 고향 갈 차비를 빌려준 게 엊그제인데 대체 무슨 짓을 한 걸까. 라인 작업을 할 때 한 가지 생각에 빠지면 중요한 문제도 아닌데 그 생각이 머릿속에서 부풀어 올라 마치 저주처럼 떨어지지 않는다는 걸 잘 알면서.

마당에서 벽돌담에 머리를 기대고 통화하는 리쓰코의 모습이 거의 담에 머리를 박고 있는 것처럼 보였다.

어떻게 에나를 돌려달라는 말을 할 수 있어? 분위기에 휩쓸려 아이를 원했던 것 아니야? 그 애 예방접종 비용을 낼 때만 엔짜리를 구겨서 집어던진 게 누구야?

나가세는 창문을 닫고 컴퓨터가 있는 책상으로 돌아가 가방을 끌어당겨 수첩을 꺼냈다.

-2000

로또 열 장. 한 장이라도 당첨되면 계속할까?

'한 장이라도 당첨되면 계속할까?'라는 문장에 선을 그어 지울까 한참 고민했지만 그대로 두었다. 수첩을 덮은 나가세는 방충 스프레이를 들고 방에서 나가 마당으로 향했다.

가을이 되자 리쓰코는 아르바이트를 나가기 시작했다. 배송 창고의 택배 분류 업무였다. 보통 오전 아홉시부터 오후 네시까지 근무라 이따금 어머니, 나가세, 리쓰코, 에나 네 사람이 동시에 집에서 나갈 때면 기분이 이상했다. 일단 할 일을 찾자 리쓰코는 나가세에게 전철비를 갚고, 살던 집으로 돌아가 에나의 방에서 열 권짜리 학습도감 세트를 들고 왔다. 여름내 에나는 도감을 보고 싶어 했다. 리쓰코가 매일처럼 도서관에 데려가 책을 보여주었지만, 에나는 집에 있는 도감도 보고 싶어 한 것 같았다. 도감 세트는 에나의 몸무게와 비슷할 정도로 무거워 보였는데, 리쓰코는 다섯 권씩 둘로 나누어 마끈으로 묶어 양손에 들고 돌아왔다. 나가세가 고등학생 때 쓰던 가방을 가져가서 짐도 한가득 넣어 가져왔는데, 기본적으로 에나의 물건이었고 자신의 물건은 속옷 정도였다.

리쓰코는 여름내 나가세가 오래전 유니클로에서 특가로 산 기업 광고 티셔츠 세 장을 번갈아 입었다. 또 나가세가 입던 반바지를 걸치고 화장도 하지 않은 채 일을 찾아다녔다. 눈썹을 다듬을 때만 나가세의 면도칼과 가위를 빌렸다. '정로환'이라고 적힌 티셔츠를 입고 앞머리를 위로 질끈 묶은 리쓰코는 살던 집에 짐을 가지러 다시 갔더니 자물쇠가 바뀌어 있어 들어가지 못했다면서 그 자식! 하고 분노를 드러내며 밥상을 내리쳤다가 사과했다.

여름이 끝나도 살던 집으로 돌아가지 않는 이유, 유치원을 바꾸는 이유를 묻는 에나를 몇 차례 보았지만, 리쓰코는 나라 공원에 사는 사슴이 에나하고 함께 살고 싶어 해서 그런다는 말로 둘러댔다. 에나는 그렇구나, 하고 대답하면서도 떨떠름한 표정이었다. 하지만 아버지 얘기는 한마디도 묻지 않기에 나가세는 에나가 부모의 불화를 어느 정도 짐작하고 있다고 생각했다. 실제로 나가세의 어머니는 일을 마치고 돌아

오면 거의 매일이라 해도 좋을 만큼 에나와 나라 공원에 갔다. 대불도 봤어! 에나가 그렇게 외치며 흥분한 적도 있었다. 에나는 불상을 좋아하는지 주말이 되면 나가세의 어머니가 에나를 여러 절로 데리고 다녔다. 리쓰코는 죄송합니다, 사슴 먹잇값도 입장료도 신세만 지네요, 죄송합니다, 하고 거듭 사과했지만 어머니는 태평하게 그 정도는 괜찮다며 리쓰코를 달랬다. 어느 불상을 좋아하는지 에나에게 묻기가 무섭게 '도다이지(東大寺) 계단원*의 광목천**'이라고 어머니가 대신 대답했다. 그 말을 들은 리쓰코는 그래, 늠름하지, 너 얼굴을 밝히는구나, 하고 에나의 머리를 쓰다듬었다. 나가세는 '도다이지 계단원의 광목천'이 어떻게 생겼는지 도통 기억이 나지 않아 조금 소외감을 맛보았다. 나라 공원이나 도다이지, 가스가타이샤(春日大社)가 있는 쪽에는 벌써 1년 가까이 가보지 못했다. 리쓰코의 더부살이로 인한 지출에 안달이 나서 컴퓨터 수업에 빈 강의 자리가 나면 바로 자원해 일요일에도 일을 하다보니 앞으로는 더욱 그런 생활에서 멀어질 듯했다.

이야기에 낄 수 없어 꾸벅꾸벅 졸면서 어머니와 리쓰코와 에나의 대화를 들었다. 마지막으로 이 집에 이렇게 많은 목

---

* 승려가 승려로서 지켜야 할 계율을 받던 곳.
** 도다이지 계단원 내부를 지키는 사천왕상 중 하나.

소리가 있었던 건 언제였을까. 외조부모가 살아 계셨을 때일까. 어머니는 나가세가 아홉 살 때 이혼해서 고향인 나라로 돌아왔다. 그녀들이 나누는 이야기를 전부 이해할 수는 없었지만 넓은 집 안에 사람들 이야기 소리가 넘치는 건 좋은 일이다. 다음 달 중순 연휴에는 도다이지에 가봐야지. 나가세는 어느새 밥상에 엎드리며 생각했다.

연휴 마지막 날에는 하필 비가 내렸다. 도다이지에 가보려고 일부러 요시카의 가게도 쉬었는데 집에 발이 묶였다. 리쓰코도 어머니도 외출해 집에는 나가세와 에나만 있었다. 리쓰코의 직장은 공휴일에도 쉬지 않았고 어머니는 오사카에 한국 영화를 보러 가고 없었다.

집에 있는 시간이 가장 짧은 나가세가 에나와 단둘이 남기는 처음이었다. 대부분 리쓰코가 함께 있었고, 리쓰코가 없을 때는 비교적 시간이 자유로운 어머니가 에나를 상대했다. 평일에는 인사 정도밖에 나누지 않고 주말에 밥상에 앉을 때도 에나는 어머니 옆에 앉는다. 어머니는 에나를 귀여워했고 에나도 나가세의 어머니를 좋아하는 게 눈에 보였다. 그래서 나설 자리는 없다는 결론을 내렸는데, 둘이서 빈집을 지키는 날이 찾아왔다.

창문과 지붕을 때리는 빗소리에 귀가 따가웠다. 휴일이면 언제나 잠만 자는 나가세였지만 에나를 돌봐야 하니 긴장한 나머지 잠도 제대로 잘 수 없었다. 폭우가 내렸지만 툇마루 쪽 문을 활짝 열고 텔레비전을 보았다. 어머니는 비를 싫어해 비가 오면 바로 툇마루 문을 닫지만 나가세는 반대로 비를 좋아해 복도가 젖어도 아랑곳하지 않았다. 어머니가 돌아오기 전에 닦으면 그만이고 그 전에 비가 그칠지도 모른다. 올해 여름은 일본 여기저기서 집중호우가 이어졌다고 하는데 공장 건물 안에 있으면 전혀 알 길이 없어 나가세는 딱히 실감하지 못했다.

에나는 손이 가지 않는 아이였다. 텔레비전을 보는 나가세 옆 조금 떨어진 자리에 앉아 리쓰코가 가지고 온 도감을 읽고 있다. 나가세가 괜찮니? 새 책 필요 없어? 하고 묻고 싶을 정도로 열 권짜리 세트를 매일매일 질리지도 않고 요리조리 본다. 리쓰코가 도감을 가장 먼저 가지고 돌아온 이유를 그 모습에서 알 수 있었다. 관찰해보니 에나는 무척추·척추 동물과 양서류·파충류가 실린 책을 즐겨 보았고, 리쓰코가 그 책으로 글자를 가르쳤는지 가타카나로 적힌 모든 동물 이름에 일일이 히라가나가 적혀 있었다. 에나가 전단지 뒤에 뭔가 끄적거리는 모습을 본 적이 있는데, 글자가 전부 가타카

나였다. 도감만 읽으니 가타카나를 먼저 배운 것이리라. 어째 선지 어머니가 아직 보관해두고 있던 나가세의 오래된 크레용으로 에나는 이중 타원 속에 세로선을 대충 그은 녹색 물체를 그리고 있었다. 그림 옆에 '딱지조개'라고 적혀 있었는데 'ズ'자가 유독 큼직했다.

"도감 좀 보여줄래?"

나가세가 묻자 에나는 고개를 들어 이건 안 되니까 다른 걸 가져오겠다며 일어나더니 리쓰코와 함께 쓰는 방에서 식물도감을 가져왔다.

"엄마는 이걸 좋아해. 내가 지금 읽는 건 기분 나쁘댔어."

"좀 그렇긴 하지. 그건."

에나는 아니라고 반박하더니 다시 양서류·파충류에 집중하기 시작했다. '독개구리'라는 표제가 붙은 새빨간 개구리를 뚫어져라 본다. 엄마가 규슈 사람인데 딸은 완벽한 간사이 사투리를 쓰네. 귀가 좋은 걸까. 그런 생각을 하며 조금 떨어진 곳에서 내용을 훔쳐보다가 독개구리의 독이 미국 인디언의 독화살에도 사용되었다는 사실을 배웠다.

나가세는 식물도감을 뒤적이다가 도감에 대한 관심이 에나의 절반에도 미치지 못함을 자각하고는 밥상 위에 책을 내려놓고 다시 텔레비전을 보기 시작했다. 지난 몇 년 동안 월요일이 공휴일일 때가 많아 토요일부터 월요일까지 연휴가 이어지는 일이 많았다. 그런 식으로 정부가 조정한다는 말을 아침 방송 논평에서 들은 적이 있다. 그날은 체육의 날이었다. 비가 오는데 무슨 체육이야, 절에 갈 마음도 안 생기는데, 하고 나가세는 하품을 하며 생각했다. 체육의 날이 10월 10일이 된 이유는 도쿄 올림픽이 개막한 날이기도 하지만 진짜 이유는 통계적으로 1년 중 가장 비가 올 확률이 낮기 때문이었다고 한다. 그래놓고 이런 식으로 연휴를 만들겠다고 마음대로 바꾸다니* 문제가 있다고 아침 방송 진행자는 한탄했다. 하다못해 그 사람만큼 공격적인 주장을 하는 출연자가 있으면 좋을 텐데, 나가세가 지금 보는 와이드쇼에서는 그저 세상 사람들이 주목한다는 연예인 커플을 둘러싼 화제만 흘러나왔다. 밥상 위에 턱을 괴고 멍하니 텔레비전을 보는 나가세의 귀에는, 굳이 따지자면 빗소리와 에나가 도감 페이지를 넘기는 소리가 더 크게 들어왔다.

"뱀을, 잡아먹는, 뱀, 에는, 나메라와, 보아 뱀, 이, 있습니다." 에나는 때때로 관심이 가는 항목을 소리 내어 읽었다.

---

* 체육의 날은 1964년 도쿄 올림픽을 기념하여 제정된 공휴일로, 올림픽이 개막한 날짜인 10월 10일로 정하고 1966년부터 행했으나 2000년 이후 둘째 주 월요일로 바뀌었다.

가타카나를 읽는 속도는 기묘하게 빠른데 히라가나는 어설
펐다. "북, 아메리카, 에 사는 보아 뱀, 들은, 방울뱀, 같은, 독
뱀도, 꽁꽁 조여, 죽여서, 잡아먹습니다."

"대단하네."

무심코 대꾸하고 말았다. 에나는 말없이 도감을 나가세에
게 건네며 자기가 읽던 페이지를 보여주었다. 나메라, 보아
뱀, 이라는 표제 밑에 뱀이 뱀을 잡아먹는 상세한 그림이 그
려져 있다. 나가세는 나메라라는 이름이 미끈한 비늘 때문에
붙었다는 사실*을 배웠다.

"나메라라니 이름 멋지다. 나도 개명할까? 나가세 나메라
로."

"……"

"그 그림, 영화 〈네버엔딩 스토리〉에 나오는 책 표지는 비
교도 안 될 만큼 실감 나네."

"응? 네버, 뭐라고?"

"아니, 혼잣말이야."

설명하기가 귀찮아 일방적으로 대화를 끝낸 나가세는 사
과의 의미로 차를 끓여 오려고 자리에서 일어섰다. 냉장고

---

* '미끈하다'는 일본어로 '나메라카'이다.

를 열어보니 끓여두었던 보리차가 바닥나 홍차를 끓이기로
했다.

홍차와 설탕, 우유갑을 밥상 위에 올려놓고 뭐라고 말할까
고민하다가 마시고 싶으면 마셔, 하고 정떨어지게 권한 것이
자기가 생각해도 미안했다. 에나는 도감에서 고개를 들어 나
가세와 밥상 위의 컵을 번갈아 보다가 펼친 도감을 들고 밥
상으로 다가왔다.

"이게 뭐야?"

"홍차."

"마셔본 적 없어."

에나의 고백에 적잖이 놀랐지만, 그러고 보니 나가세도 어
렸을 때 홍차는 마시지 않았다. 그냥저냥 맛있어, 하고 소극
적인 영업 멘트를 던지자 우유도 섞는 거야? 하고 물었다. 아
아, 응, 섞어, 하고 나가세가 우유갑에 손을 뻗자 에나는 직접
하겠다며 두 손으로 우유갑을 꼭 쥐고 기울였다. 나가세는
그 틈에 에나의 컵에 설탕을 조금 넣었다.

귀여운 구석은 별로 없는 아이였다. 나가세가 아이를 별로
귀여워하지 않는 성격인지도 모르지만, 귀엽게 봐주길 바라
는 아이는 어쩐지 알 수 있다. 에나는 그런 구석을 찾아볼 수
없으니 딱히 귀엽다고 할 수는 없다고 나가세는 생각했다.

나가세의 어머니와는 죽이 잘 맞는지 함께 자주 웃는데, 리쓰코나 나가세에게는 더없이 밋밋한 태도로 대한다. 신중하게 후후 불다가 이따금 지쳐서 멈추고, 다시 후후 불며 컵을 단단히 쥐고 홍차를 홀짝홀짝 마시는 모습은 어른스럽다는 표현과는 조금 거리가 있지만 묘하게 철저하다는 인상을 주었다.

어머니하고 아버지가 싸운 거 알아? 이제 셋이서 안 살지도 모르는데 어떻게 생각해? 문득 그렇게 묻고 싶었지만 묵묵히 홍차를 마시는 에나를 보고 있으려니 점점 아무려면 어떤가 싶었다. 맛있다는 말도 맛없다는 말도 없으니 맛있지도 맛없지도 않은 모양이다.

두 사람은 아무 말도 하지 않았지만 딱히 어색한 느낌도 없이 한동안 말없이 차를 마셨다. 내용 없는 이야기를 떠들어대는 텔레비전은 귀에 거슬려 꺼버렸다. 빗줄기는 점점 사나워져 나중에 닦아도 어머니에게 들키겠다 싶을 정도로 복도를 적셨다.

어디선가 천둥소리가 나더니 집 안의 전기가 나가버렸다. 나가세는 외마디 비명을 지르며 천장을 올려다보았고, 에나는 쿵 하고 요란하게 밥상에 컵을 내려놓았다.

"이 부근은 가끔 이래. 오래된 주택가라 그런가. 발전에서 소외되어 있다고 할까." 나가세는 이미 말 상대가 유치원생이라는 사실은 잊고 설명했다. "전기가 다시 들어올 때까지 어떻게 할까, 낮잠이라도 잘래?"

"낮잠은 싫어." 비 내리는 한낮의 어스름 속에서 고개를 젓는 에나의 모습이 보였다. "유치원에도 낮잠 시간 있잖아. 그때 늘 자는 척해."

"하긴, 갑자기 자라고 해도 곤란하지."

나가세는 동의하면서 갑자기 아까 끈 텔레비전을 지금 볼 수 없다는 사실을 아쉬워했다. 전기가 없는 곳에서 뭘 하면 좋을지 통 모르겠다. 비가 내리는 밖은 어둑했지만 툇마루에 나가면 조금은 밝으니 덧문을 닫을 마음도 들지 않는다. 그렇다고 에나가 도감을 읽을 수 있는 밝기도 아니다.

이럴 때 리쓰코나 소요노는 어떻게 할까? 역시 낮잠이나 자라고 할까? 부모들은 대단하다. 하루 종일 아이에게 지시를 내린다. 자기가 뭘 하면 좋을지도 잘 모르는 나가세는 그런 역할을 해낼 자신이 없었다.

에나는 숨을 죽이고 가만히 있었다. 어쩔 수 없이 나가세는 에나를 데리고 복도로 나갔다. 툇마루는 비가 쏟아지는 마당 쪽으로 나 있다. 마당을 꾸미는 일은 어머니의 영역이지만 어머니는 변덕이 심해 올해는 전체적으로 휑했다. 에나가 쪼

그리고 앉아 복도 저쪽을 뚫어져라 쳐다보기에 왜? 하고 물으니 저건 뭐야? 하고 벽 쪽에 둔 라임포토스를 가리켰다. 나가세가 라임포토스야, 라고 대답하자 에나는 이쪽으로 가져다주면 안 돼? 하고 부탁했다. 나가세는 그럼 가져올게, 하고 흔쾌히 답하고 줄기가 30센티미터쯤 되는 포토스 화분을 들고 왔다.

화장실 근처에 두어 물 하나만큼은 꼬박꼬박 주었지만 기본적으로는 방치해둔 터라 멋대로 자라서 꽤나 볼품없었다. 어린 줄기를 잘라 물에 담가서 요시카네 가게에 두었는데 그것도 말라 죽지 않고 계속 쑥쑥 자라고 있어 아직 줄기를 잘라낼 필요가 없다. 현관에도, 나가세의 방에도, 그리고 공장 라커룸에도 두었다. 전부 싸구려 컵에 꽂아 물만 갈아줄 뿐인데도 도통 시들 기미가 없다. 새삼 포토스가 대단해 보였다. 좋아하지는 않지만, 대단하다.

"그냥 잎사귀네."

"원래 잎사귀를 보는 식물이야. 하지만 그래, 보기도 질렸다……"

그리 멀지 않은 하늘에서 번개가 번쩍이더니 다시 천둥소리가 났다. 전기는 한동안 들어올 기미가 없었다. 나가세는 가위와 쓰지 않는 컵과 빈 병을 몇 개 가져와 포토스 가지치기를 시작했다. 지금 하는 작업에 대해 설명하지 않았지만 에나는 얌전히 나가세의 손과 포토스를 보고 있었다.

에나에게 포토스를 꽂은 컵을 건네며 여기에 물을 받아 와, 라고 말하려다가 눈앞에 내리는 비를 보고 여기에 비를 받아 와, 라고 말을 바꾸었다. 에나는 잠자코 컵을 툇마루 밖에 내밀어 빗물을 받았다.

"만약에 이 집을 떠날 날이 오면," 책상다리로 앉은 나가세가 어린 잎사귀와 줄기를 대강 잘라내면서 말했다. "나도 어머니도 돈이 없어 아무것도 줄 게 없으니, 그걸 전별 선물로 가져가."

전별 선물이라는 말을 이해했는지 못 했는지 에나는 묘한 얼굴로 고개를 끄덕였다.

어머니가 돌아올 때까지 둘이서 포토스를 다듬으며 시간을 보냈다. 집에 남아도는 컵에 포토스를 하나씩 꽂아 복도에 쭉 늘어놓은 광경은 나름대로 볼만했다.

전기는 저녁식사 때까지 복구되지 않았다. 역시 수리보다는 이사가 나으려나. 어머니가 어울리지도 않게 침울한 목소리로 말했다.


그날 밤에도 비가 계속 내렸다. 나가세는 빗방울이 창을 때리는 소리를 들으며 꿈을 꾸었다. 포토스를 먹는 꿈이었다. 잎사귀를 세로로 길게 찢어 드레싱으로 버무려보고, 살짝 데쳐 나물로 무쳐도 보고, 뿌리를 갈아 양념으로 쓰고, 줄기를 된장국에 넣어 먹기도 했다. 맛은 파만큼 톡 쏘지 않고 시금치보다 부드럽고 양배추보다는 쌉싸래하며 양상추만큼은 아니지만 물기가 많았다.

포토스를 먹은 나가세는 만족스러운 기분으로 싱글거리며 수첩에 기록했다.

-0

이거 꽤 괜찮은데. 정말 돈이 떨어지면 포토스를 먹으면 되겠다. 영양가는 얼마나 될까?

꿈속의 나가세는 벽장에서 옛날 물건이 든 종이상자를 꺼내 중학교 때 가정 수업에서 사용한 '컬러 그래프 식품성분표'를 펼치고 포토스에 대해 조사하기 시작했다. 차례에서 '포토스'라는 단어를 발견한 순간, 잠에서 깼다.


공장에서도 나가세는 포토스 생각만 했다. 입 안에 맛이 남아 있는 것만 같아 꿈이란 정말 신기하다고 새삼 감탄했다. 로션 병의 마개가 잘 닫히는지 확인하면서 나가세는 실제로 포토스를 먹어야 하는 게 아닐까 고민하기 시작했다. 어떻게 먹을까? 꿈속에서 먹었던 방법은 첫 시식치고는 전부 대담했던 것 같다. 나가세는 라인에 붙어 있는 내내 포토스를 먹는 방법에 대해 고민했다.

매콤하게 볶는 것도, 버터로 굽는 것도, 삶아서 간장과 마요네즈를 섞은 소스에 찍어 먹는 것도 전부 어딘가 부족한 듯싶었다. 나가세는 붕 뜬 기분으로 퇴근길에 올랐다. 마음먹고 버스 안에서 나란히 앉은 오카다 씨에게 물어보자 나 같으면 튀겨 먹어, 튀겨서 소금에 찍어 먹을 거야, 라는 대답이 돌아왔다.

"튀김!"

"풋내는 가열하거나 튀김옷을 입히면 어떻게든 되겠지."

오카다 씨는 태연하게 말했다. 이게 바로 연륜이라는 거구나. 나가세는 감탄하며 고맙습니다, 고맙습니다, 하고 오카다 씨의 차가우면서도 부드러운 손을 붙들고 위아래 좌우로 흔들었다. 뭐, 이쯤이야. 오카다 씨는 장난스럽게 으스댔다. 나가세는 거듭 다른 아이디어도 부탁드릴게요, 하고 말했지만 오카다 씨는 금세 울적한 얼굴로 바뀌어 창밖을 바라보며 건성으로 대꾸했다.

나가세는 오카다 씨의 침묵이 만든 틈새를 메우듯 '포토스 튀김'이라는 아이디어에 칭찬을 아끼지 않았지만 반응이 시원챦아 결국 입을 다물고 말았다.

역시 시시하고 어른답지 못한 문제를 의논했는지도 모른다. 늘 신세를 지고 있는데 이런 일로 번거롭게 하다니 한심한 짓을 했어, 하고 나가세가 자기혐오에 빠지려는 순간 오카다 씨가 겨우 입을 열었다.

"나가세 씨네 말이야. 지금 별거하고 가출한 친구가 살고 있지?"

오카다 씨는 나가세 쪽은 보지 않고 아무렇지 않은 목소리로 물었다.

"네, 이제 조정에 들어간다네요. 남편의 외도나 폭력이 원인인 건 아니니 위자료는 기대할 수 없다고 했지만, 어쨌든 딸은 자기가 데려와 키울 거래요."

나가세는 오카다 씨가 묻지도 않은 것까지 대답했다.

"그 딸, 유치원에 다녀?"

"네."

"주소지 이전은 어떻게 했대?"

"여름방학 때 옮겼다던데요. 자세한 건 모르겠지만……"

점점 불확실해지는 자기 대답에 낙담하면서 나가세는 다음에 제대로 물어볼까요? 하고 덧붙였다. 오카다 씨는 아니아니, 아니아니, 하고 퍼뜩 정신을 차린 듯 고개와 두 손을 저었다.

"조금 궁금했을 뿐이야. 고생이 많겠네. 그 친구한테 힘내라고 전해줘."

오카다 씨는 재빨리 말하고는 나가세 씨도 포토스 먹는 법 연구 힘내, 하고 웃으며 덧붙였다. 나가세는 네네, 하고 고개를 끄덕이면서 내일도 만날 텐데 힘내라는 말을 하다니 이상하다고 생각했다.

다음에 또 물어볼지도 모르니 그때는 잘 가르쳐줘, 라고 오카다 씨는 헤어지면서 말했다. 알겠습니다, 하고 대답한 나가세의 눈에 반대 방향으로 돌아가는 오카다 씨의 둥그스름한 등이 조금 움츠러든 것처럼 보였다.


수국 잎사귀에는 독이 있대. 요시카의 가게에서 돌아와 아무 생각 없이 뒹굴거리며 텔레비전을 보는 나가세에게 어머니가 말했다. 어머니는 나가세가 에나에게 빌린 도감을 읽는 중이었다.

"수국 잎사귀의 독소는 위장 속 소화 효소에 반응해 시안화수소를 생성합니다."

어머니의 낭독에 나가세는 그래? 하고 건성으로 대답했지만 한참 있다가 벌떡 일어났다. 포토스는 괜찮을까?


70

"엄마, 포토스는 뭐래? 포토스는?"

"포토스? 어, 포토스, 포토스……"

어머니는 색인을 뒤져보더니 없어, 라고 말했다.

"관엽식물은 없나봐. 어린이용 도감이니."

"그런가……"

다시 드러누우려던 나가세는 맹렬한 졸음이 밀려와서 양치질을 하려고 일어섰다. 포토스는 왜? 설마 먹을 셈은 아니겠지? 어머니의 목소리가 뒤를 쫓아왔지만 정곡을 찔린 게 민망해서 무시했다.

방으로 돌아가 인터넷으로 조사해보니 포토스에도 독이 있는 것 같았다. 지난 이틀 동안 요리법을 그렇게 연구했는데. 고개를 떨구고 일찌감치 이불 속에 들어가 마치 실연한 상대를 잊듯 포토스를 먹으려 했던 과거를 잊기로 했다.


먹을 수 없다는 사실에 토라져 나가세는 에나에게 한동안 포토스를 부탁했다. 왜 안 돌봐주는 거야? 하고 묻는 에나에게 실망해서, 라고 대답했다. 왜 실망했어? 거듭 묻는 말에 못 먹으니까, 라고 솔직하게 대답했다. 에나는 고개를 갸웃거리면서도 포토스에 대한 나가세의 집착이 사그라진 몇 주 동안 거의 매일 몇 개나 되는, 포토스가 꽂힌 컵의 물을 갈아주었다. 덕분에 신기할 정도로 싱싱해진 포토스는 더욱 무성하게 증식해갔다.

❧

　리쓰코는 한시라도 빨리 나가세의 집에서 나가는 것을 목표로 삼고 있었지만, 에나가 다시 유치원을 옮기는 것도 뭣하니 일단 3월까지는 있어보라는 나가세 어머니의 제안에 머뭇거리면서도 응했다. 나가세도 리쓰코가 머무는 것 자체는 별로 개의치 않았지만, 어머니가 생각보다 적극적으로 리쓰코에게 남아 있으라고 권하기에 어쩌면 여자 둘뿐인 예전의 생활이 적적했던 걸까 의심이 되었다. 하지만 딱히 그런 것도 아닌 듯했다.

　겨울이 다가올 무렵이 되자 리쓰코와 에나는 처음부터 나가세네 집에 살던 사람 같았다. 정월에는 친정으로 돌아갔지만 사흘 연휴가 끝나자 바로 돌아와 네 사람에 요시카까지 더해 새해 참배도 갔다. 가스가타이샤에 갔다가 관광객처럼 도다이지에 갔다가, 마지막으로 고후쿠지(興福寺)에 들렀다. 에나하고 놀러 갈 때 들르는 길이랑 똑같네, 하고 어머니가 말했다. 지겹지 않니? 가끔은 오사카에 가고 싶지 않아? 나가세가 묻자 에나는 고개를 저으며 안 지겨워, 그런 생각 안 들어, 하고 꼬박꼬박 답했다. 처음에 나가세의 어머니가 에나를 데리고 놀러 나갈 때마다 죄송합니다, 죄송합니다, 하고 사과하던 리쓰코는 요즘 겨우 익숙해졌는지 항상 고맙습니다, 하고 똑바로 고마움을 표하게 되었다.

고후쿠지 본당은 수리 중이라 나가세는 굳이 갈 필요가 있을까 생각했지만, 에나는 5층탑이 눈에 들어오자 흥분해서 종종걸음을 치더니 급기야 쪼르르 달려갔다. 벌써 몇 번이나 봤을 텐데 역시 마음이 들뜨는 모양이다. 어머니가 리쓰코에게 이사 가면 몇 층에 살고 싶은지 묻자 리쓰코는 5층이면 지진 났을 때 흔들릴 것 같고 1층은 안 내키니 그 중간인 3층요, 하고 진지하게 대답했다. 나라에 온 뒤로 여기 두 번밖에 안 와봤어, 하고 요시카가 말했다. 가게를 갓 열었을 때 여자 손님이 아수라상 엽서를 잔뜩 쌓아놓고 정리하던 게 인상적이었다고 한다. 그때 아아, 여기는 나라구나 실감했어, 하고 요시카는 어깨를 으쓱했다.

5층탑을 보고 나서 국보관(國寶館)에 갔다. 이곳도 에나와 몇 번이나 온 적이 있다고 어머니는 말했다. 에나한테 어머니가 사준 듯한 기념품이 몇 개나 있다는 걸 나가세도 알고 있었다. 리쓰코는 유치원에서 받은 프린트물을 매번 고후쿠지 아홉상이 인쇄된 클리어파일에 넣는데, 에나는 이따금 그 프린트를 꺼내 다시 아무 글씨도 없는 뒷면으로 돌려 넣고 바라본다. 하얀 종이를 뒤에 받쳐 투명한 바탕에 '아'와 '훔' 조각상*을 뚜렷하게 비추어보는 것이다. 그동안 관광을 할 여유가 없었던 리쓰코는 고후쿠지에 처음 와본다며 다섯 명 중에 가장 초롱초롱한 눈으로 국보관 전시물을 살펴보며 돌아다녔다.

"입술을 깨물고 있네, 몰랐어."

리쓰코는 아수라상의 정면 오른쪽 얼굴을 가리키며 흥미로운 듯 눈을 가늘게 떴다. 그 얼굴, 끝에 있는 가게에서 엽서로 팔아, 하고 나가세의 어머니가 말하자 리쓰코는 정말요? 하고 깜짝 놀란 눈으로 돌아보았다. 그러고 보니 리쓰코와 함께 놀러 나온 건 여름 이래로 이번이 처음이었다. 서로 일에 쫓겨 집에서 함께 밥을 먹을 기회도 생각보다 없었다. 나가세는 언젠가 리쓰코가 먼저 말해주리라 믿고 이혼 조정에 관한 일이나 저금을 돌려받을 수 있을지 깊이 묻지 않았다. 리쓰코가 이혼을 경험한 나가세의 어머니에게 뭔가 의논하는 모습은 본 적이 있다. 그때 나가세는 어른들의 이야기라

---

* 절의 중문 양쪽에 있는 금강신 중 입을 벌린 채 공격하는 모습을 취한 것을 아(阿), 입을 다문 채 방어하는 자세를 취한 것을 훔(吽)이라 한다.

고 생각했지만, 지금 되짚어보면 리쓰코와 같은 나이니 나가세 역시 어른이다. 기분이 이상했다.

국보관 출구에 있는 기념품 가게에서 리쓰코는 한참 고민한 끝에 아수라상 오른쪽 얼굴이 찍힌 엽서를 샀다. 생각해보면 이쪽에 온 뒤로 리쓰코는 자신을 위해 돈을 쓴 일이 거의 없었다. 옷이나 화장품은 나가세나 어머니가 쓰던 것을 썼다. 에나에게는 돈이 없다고 타이르면서도 새 코트를 사주기도 했는데. 자기가 어머니가 되었을 때 그런 식으로 행동할 수 있을까 나가세는 생각해보았다. 인내한다는 자각도 없을 것이다. 대학생 때 시간을 때우러 온 이후로 고후쿠지에는 한 번도 오지 않았던 터라, 나가세도 건망증을 막아준다는 가지 모양 부적을 사고 싶었지만 리쓰코의 처지와 세계일주 자금을 고려한 뒤 결국 사지 않기로 했다. 하지만 아쉬운 마음이 들어 언제까지고 보고 있으려니 그게 탐나니? 하고 어머니가 곁으로 다가왔다. 그냥, 건망증에 걸리긴 싫어서. 나가세가 대답하자 어머니가 사주겠다고 하기에 됐다고 말렸지만 어머니가 먼저 점원에게 가지 부적을 내밀어버렸다. 나가세는 시줏돈을 대신 내겠다는 한심한 변명을 하며 부적을 받아 들었다.

고후쿠지에 들르고 싶다고 말한 사람은 요시카였는데, 진

75

짜 목적은 국보관이 아니라 일언관음이라고 했다. 일언관음?
리쓰코가 묻자 최대한 구체적으로 소원을 빌면 상당히 높은
확률로 소원을 들어준다는 관음보살님이라고 요시카가 앞장
서서 경내 남쪽으로 걸어가며 대답했다.

"오사카에 사는 친구가 봄부터 총무과로 옮기고 싶다고 빌
었더니 들어줬대."

나가세의 중학교 친구 중에도 아무개하고 사귀게 해달라
고 빌었다는 여자애가 있었다. 그녀는 한 달 후 확실히 그 아
무개하고 사귀게 되었고 이곳 관음은 제법 영험하다고 소문
이 났다. 나가세도 고등학교 입시 때 끈질길 정도로 찾아왔
던 일이 기억났다.

요시카는 소원이 이루어지면 다시 인사를 드리러 찾아오
겠다며 소원 성취라고 적힌 초를 샀다. 정월 연휴는 지났지
만 정초라 소원을 빌려는 사람들의 행렬이 길었다. 평소 같
으면 지나쳤겠지만 나가세 일행은 그 뒤에 줄을 섰다. 무슨
소원을 빌 거야? 나머지 네 사람에게 묻자 요시카는 월요일
정기 휴무, 라고 간결하게 대답했다. 리쓰코는 독신 때 모은
저금을 최소 130만 엔은 돌려받게 해주세요, 라고 말했다. 어
머니가 한국 아이돌 그룹의 이름을 들며 사전 예매 티켓을
구할 수 있기를, 하고 말하자 에나가 초등학교에 들어가게

해주세요, 하며 끼어들었다.

"아무리 그래도 초등학교엔 갈 수 있겠지."

"그래, 다른 소원을 빌어."

요시카도 그렇게 권했지만 에나는 고집스레 고개를 저으며 초등학교에 들어가게 해주세요, 하고 되풀이했다. 순서가 돌아와 다른 사람들이 차례로 소원을 비는데 나가세는 할 말이 없었다. 멀뚱히 서 있자 요시카가 코트 소매를 잡아당기며 너도 빌어, 하고 채근했다. 당장 생각나는 게 없으니 됐어, 라고 말하자 무슨 소리야, 세계일주 있잖아, 하고 요시카가 어이없다는 표정으로 말했다. 나가세는 아아, 그렇지, 하고 고개를 끄덕이며 손을 모으고 세계일주를, 하고 머릿속으로 말하다가 그만두었다. 대신 요시카와 리쓰코와 에나와 어머니의 소원을 들어주세요, 라고 빌고 슬금슬금 행렬에서 빠져나왔다. 스스로도 어째서 세계일주 크루즈 여행을 하게 해주세요, 그 여행 비용을 모으게 해주세요, 하고 빌지 않았는지 의문이었지만 이유는 알 수 없었다. 빈말로도 풍족하다고는 할 수 없는 자신의 생활을 돌아보면 다른 소원이 떠오르지 않는 것도 이상한 일이었다. 좀 더 욕심을 부려도 될 텐데. 어차피 생각에 그칠 뿐이라면.

소요노한테 오래간만에 문자가 왔다고 돌아가는 길에 요시카가 말했다. 다음에 혼자서 이쪽에 오고 싶대. 절에 가고 싶다더라. 그래, 하고 나가세는 대답했다. 최근 공휴일 외에는 종일 쉬는 경우가 거의 없었지만 언젠가 공장을 하루 쉬고 동네를 구석구석 구경하는 것도 좋을 듯했다.

집으로 돌아가 냉장고에 있던 재료로 김치 전골을 만들었다. 냄비 가운데 넣은 두부가 익길 이제나저제나 기다리다가 갑자기 일언관음에게 빌었어야 할 소원이 생각난 나가세는 으악, 하고 괴로운 신음 소리를 냈다.

"맞다, 월급 인상! 2천 엔만이라도!"

밥상을 두드려대며 분통을 터뜨리는 나가세를 보며 어른 셋은 웃고 에나는 이상하다는 듯이 올려다보았다. 그날은 에나의 생일이기도 해서 식사를 마치고 요시카가 가져온 케이크를 함께 먹었다. 양초를 꽂은 케이크를 앞에 두고 생일 축하 노래로 〈해피 버스데이 투 유〉를 불렀다. 에나는 웃으면서도 이따금 어색해했다.


2월이 되자 리쓰코는 전에 일하던 회사에 빈자리가 생겨 정사원 자리를 얻었다. 집에서 나왔을 때부터 정기적으로 연락해 당장이 아니라도 좋으니 자기가 일자리를 찾는다는 걸 기억해달라고 부탁했다고 한다. 2년 근무 경력이 있어 3년

차 월급을 받기로 했다. 리쓰코는 일자리가 정해지자 동시에 이사 계획도 털어놓았다. 회사는 오사카에 있지만 오사카 시내는 집세가 비싸 나라와 오사카의 경계인 이코마에 집을 구할 거라고 했다.

리쓰코는 한동안 나라에 있는 나가세네 집에서 통근하면서 주말에는 집을 구하러 다녔다. 어째선지 나가세의 어머니도 따라다니는 모양이라 밥상 위에는 부동산 관련 자료가 쌓이기 시작했다.

아니, 우리도 슬슬 고민해야 할 것 같아 따라다니는 건데, 하고 어머니는 말했다. 이 집 면적에 익숙해져서 좁은 집은 영, 역시 수리해야 하나. 어머니는 수집한 전단지를 바라보며 매일 고민했다.

정사원이 되어 목적을 가지고 집을 구하기 시작한 리쓰코의 결단은 빨라, 3월 초순에는 이사 준비를 마쳤다. 이혼 합의는 아직 조금 더 걸린다고 했다. 돈은 돌려받을 수 있을 것 같아? 그렇게 묻자 그 일 때문에 옥신각신하고 있어, 하고 리쓰코는 눈썹을 찌푸리며 웃었다.

이삿날은 나가세도 컴퓨터 수업을 끝내자마자 바로 리쓰코의 새집으로 가서 일을 도왔다. 먼저 집으로 돌아가 포토스가 꽂힌 물병을 들고 갔다. 가을부터 물을 받아 꽂아두었던 포토스는 나름대로 증식해 뿌리가 잼 용기 바닥을 세 바퀴나 감을 정도로 성장했다. 비닐봉투에 넣어 들고 가기는 불안해서 집에서 역까지 포토스 병을 한 손에 들고 걸어갔다. 개찰구를 지나고 흔들리는 전철을 타야 해서 좀 불안했지만 큰 문제없이 도착했다.

짐이 별로 많지 않아서 이사는 밤이 되기 전에 끝났다. 방 하나에 거실과 주방이 딸린 집에는 가구라고 할 만한 물건이 없어 살풍경했지만, 그건 그것대로 생활의 때가 느껴지지 않아 이제부터 새로운 생활을 시작한다는 신선함이 있었다.

"지금까지 고마웠어요. 세탁기도 텔레비전도 냉장고도 전자레인지도 쓰게 해주셔서 고마웠습니다."

리쓰코는 나가세의 어머니를 향해 깊숙이 머리를 조아렸다. 새로운 생활에는 보증금과 월세와 중개 수수료도 필요하지만 가전제품도 필요하다. 나가세는 밥상밖에 없는 새집을 둘러보며 우리는 어째서 그런 게 없으면 안 된다고 여기는 걸까, 하고 생각했다. 겨우 백 년 전만 해도 그런 것 없이 잘 살았는데.

리쓰코는 가전제품은 결국 아무것도 가져오지 못했다며 일단 에나의 가방을 사고 가능하면 텔레비전을 살 작정이라고 했다. 학교에서 이야기에 끼지 못하면 안 되니까, 하고 리쓰코는 염려했지만 에나는 지금도 도감을 보는 중이었다. 초등학교에는 도서실이 있으니 어머니가 데려가주지 않아도 책을 빌릴 수 있어, 하고 나가세가 말하자 에나는 고개를 들고 진짜? 하고 웃었다.

나가세네 집에서 묵었던 기간의 집세는 한 달 2만 엔으로 계산해 언젠가 갚기로 어머니와 리쓰코 사이에 이미 이야기가 끝난 듯했다. 어머니는 봉투에 약간의 전별금을 넣어 리쓰코에게 건넸다. 리쓰코는 사양했지만 어머니는 다짜고짜 주방 서랍에 넣어버렸다. 편의점 도시락으로 저녁을 때우고 요시카가 아침에 가져다준 레어치즈 케이크를 먹었다. 리쓰코가 새 전기포트로 홍차를 끓였다. 에나는 설탕도 우유도 넣지 않고 뜨거운 홍차를 마셨다.

또 올게, 하고 개찰구에서 손을 흔들며 나가세는 여기까지 오는 데 드는 전철 요금을 생각했다. 자린고비 같지만 2주에 한 번쯤 온다고 생각하면 상당히 큰돈이다. 자전거로 올까? 올 수 있을까? 표를 보며 고개를 갸웃거리다 애초에 그런 시간조차 낼 수 없을지 모른다는 사실을 깨닫고 나가세는 살짝 놀랐다. 돈 때문에, 돈을 쓰지 않으려고, 무익한 시간을 만들지 않으려고 열심히 일을 한다. 하지만 그런 이유로 조금 떨어진 곳에 사는 친구 집에 갈 여유조차 없다. 세계일주 비용은 순조롭게 쌓여갔지만 나가세는 왠지 모르게 허무함을 느꼈다.

어머니와 둘이서 전철을 타기는 오랜만이었다. 마지막으로 함께 탔던 게 언제였는지 기억나지 않을 정도로 같이 외출한 지 오래다. 순방향으로 나란히 앉았다. 어머니는 좌석에 몸을 깊이 묻고 새근거렸다. 나가세는 선로 밖 밤 풍경을 보려다가 어두운 창에 비치는 것이 자기 얼굴뿐이라는 사실에 화가 나 아이처럼 창에 이마를 붙였다. 그렇게 해도 볼 수 있는 풍경은 얼굴이 그림자를 드리운 범위뿐이었다. 점점 지겨워진 나가세는 창에서 얼굴을 뗐다.

앞자리에 앉은 남자애가 계속 내 쪽을 보기에 무슨 일인가 싶었더니, 내 뒤에 있는 창을 보면서 머리를 매만지더라.

전철로 통근하기 시작한 리쓰코가 쓴웃음을 지으며 한 말이 떠올랐다. 나도 그런 남자가 될 수 있다면. 밤 전철의 어두운 창에 비치는 자신을 찾는 일 정도로 흘러가는 매일. 스스로 여유를 없애고 있는 게 아니냐는 물음이 고개를 들었지만, 바쁘게 일하지 않으면 살아갈 수 없다고 마음 어딘가가 재빨리 대답했다. 집을 수리해야 하고 매일 밥을 먹어야만 한다. 어두운 밤에는 전깃불을 밝히고, 더운 여름에는 에어컨을, 추운 겨울에는 전열기나 석유스토브를 켤 수 있을 정도의 생활을 유지하기 위해 일을 해야 한다.

유지한다고 뭐가 달라질까. 나 같은 게, 생활을 유지해봤자.

나가세는 제 얼굴이 보기 싫어 눈을 감았다.

"그 애들이 없으면 쓸쓸해지겠구나."

어느새 잠에서 깬 어머니가 말했다. 나가세는 창문으로 고개를 돌린 채 그러게, 라고 애매한 목소리로 동의했다. 어머니는 에나나 리쓰코와 함께한 시간이 많았으니 나보다 더 마음이 허전할지도 모르겠다. 특히 에나를 정말 귀여워했다. 어머니가 아이를 좋아한다는 사실을 처음 알았다. 어머니가 매일처럼 에나와 어울리는 모습을 보면서 나가세의 가슴속에는 죄책감이 조금씩 똬리를 틀고 있었다.

"내가 마흔이 되도록 결혼 안 하면 양자라도 들일까? 손주 보고 싶지?"

현실적으로 어머니가 다시 아이와 함께 살 수 있는 기회는 그 정도밖에 생각나지 않아 말을 꺼내보았다. 지금 생활에서는 남자를 찾을 시간도 여유도 방법도 없다. 좀 더 젊었다면 어떻게 해봤을지도 모르지만 그 시기는 이전 회사에서 광적인 알력 다툼을 겪고 그 후유증으로 무기력하게 기나긴 시간을 보낸 뒤 새로운 직장에 적응하느라 모두 허비해버렸다.

당시에 사귀었던 남자 동기는 지금은 관리직에 올라 고액 연봉을 받는 모양이었다. 나가세가 조심스럽게 자기 부서에서 벌어지는 일을 털어놓았을 때 그는 별수 없잖아, 라고 말했었다. 너도 이 회사에 다니며 돈을 받고 있으니 별수 없는 일이라고. 그런가? 그때 나가세는 그의 말에 고개를 끄덕였다. 지금 생각하면 어째서 한 대 쥐어 패지 않았나 싶다. 점심시간에 카페에서 오간 대화였다. 손님도 많았으니 보복을 당할 일도 없었을 텐데.

그 인간하고 결혼했다면 지금쯤 아이 하나는 낳을 수 있었을까? 에나를 상대하는 어머니를 보면서 나가세는 때때로 딸이 부모님께 효도하는 길은 결국 성실하게 일하는 것이 아니라 적당한 남자를 찾아 평범하게 결혼하는 게 아닐까 하는 생각을 했다. 어머니가 이혼을 선택했다 해도, 인류가 시작된 이래 여자가 결혼으로 신분의 안정을 얻은 건 반론하기 어려운 자명한 현실이었으니 어머니는 역시 내가 결혼하길 바랄 것 같다.

하지만 나는 결혼보다 집을 수리하고 싶다. 아니면 세계를 일주하는 배를 타고 파푸아뉴기니에 가서 아우트리거 카누를 타고 싶다.

"양자? 일없다, 그런 거."

한참 뜸을 들이던 어머니가 나가세의 질문에 뜻밖의 대답을 했다.

"왜? 에나 엄청 예뻐했잖아. 아이를 좋아하는 줄 알았는데."

"그야 나와는 상관없고 언젠가 나갈 애니까 예뻐한 거지, 피가 이어지지 않은 아이는 화근거리야."

어머니는 귀찮다는 듯이 말했다. 대답할 말이 떠오르지 않았다.

이윽고 옆에서 곤한 숨소리가 들려왔다. 나가세도 무릎 위에 가방을 올려놓고 엎드렸지만 잠은 오지 않았다.

눈을 감은 채로 집에 돌아가서 할 일을 예습할 겸 머릿속에서 수첩을 펼치고, 나라에서 이코마까지 든 왕복 전철 요금과 한턱내겠다고 말해버린 저녁식사 도시락과 음료숫값을 기입했다.

-290

-147×4

-1701

-290

아우트리거 카누를 타지 못한다면, 자전거라도 철저히 공략할 것. 이코마는 물론이고 가능하면 우에혼마치 부근까지

갈 수 있도록.

᠕

  5월 중순부터 자주 기침을 했다. 해마다 이 시기면 기침이
잦았는데, 공장 안에서는 마스크를 써서 거의 기침이 나오지
않아 딱히 신경 쓰지 않았다. 다만 마스크를 벗고 목구멍이
건조해지면 바로 기관지가 밀려 올라오는 느낌이 들면서 숨
막히는 잔기침이 시작되었다. 그래도 물을 마시면 바로 잦아
들어 나가세는 아무 조치도 취하지 않았다.
  악화될 것 같다 싶을 때마다 며칠 동안 잠잠해지는 것도
문제라면 문제였다. 다 나은 줄 알고 내버려두면 또 콜록거
리기를 되풀이했다. 그러다 6월의 끝자락을 맞이했다. 그 무
렵에는 이미 마스크를 쓰지 않으면 10분에 한 번꼴로 몸을
웅크리고 기침을 하는 지경에 이르렀다. 하지만 나가세는 그
렇게 심각한 건 아니겠지, 이러다 낫겠지, 하고 얕잡아 보았
다. 사실 공장에서 작업할 때나 요시카의 가게에서 손님을
대할 때는 기침이 뚝 그쳐서 불편한 줄도 몰랐다. 매년 있는
일이라고 생각했다.
  어머니는 거듭 병원에 가보라고 했다. 쉬고 있을 때도 어찌

나 끈질기게 말하는지 나가세는 급기야 그럴 시간이 어딨어! 하고 고함을 질렀다.

나가세는 이렇게 기침을 하는 데는 집에도 원인이 있다고 들었어, 하고 텔레비전에서 본 불확실한 정보를 끄집어냈다. 주택 목재 같은 게 썩어서 기관지에 나쁜 영향을 주면 이렇게 된대.

그런 말을 하면 어머니가 늘 물러섰기에 나가세는 사실은 그렇게 생각하지 않으면서도 기침의 원인은 집 때문이라는 말을 입에 담았다. 이따금 깜짝 놀랄 정도로 심한 기침이 나왔다. 바닥에 엎드려 콜록거리면서도 이러다 그칠 거라고 생각했다.

그런 상태로 나가세는 서른 살 생일을 맞았다. 그 전과 비교해 크게 달라진 건 없었다. 그저 기침을 했다. 스물아홉 살 생일 때도 기침을 했던 것 같다. 서른한 살이 될 때도 그럴 것이다.

지겨운 빗속에서 7월을 맞이했지만 나가세는 계속 콜록거렸다. 이제는 버릇처럼 계속되는 기침을 아무도 신경 쓰지 않았다. 목캔디를 먹으면 기침을 하지 않아 사람들을 대할 때는 항상 사탕을 먹었다. 공장 안에서는 단물이 빠진 껌을 씹으며 마스크를 두 겹으로 쓰고 견뎌냈다.

그날 퇴근길에는 오카다 씨와 나란히 버스를 탔다. 넷째 주 월요일이라 요시카의 가게는 쉬는 날이었다. 일언관음에게 소원을 빈 후로 요시카는 월요일을 격주로 쉬게 되어, 월요일 정기 휴일을 향해 착실히 나아가고 있었다. 그래도 가끔 심심할 때는 가게를 열어 퇴근길에 무심히 찾아오는 근처 가게 점원들을 상대한다. 나가세는 집에 돌아가도 할 일이 없으니 휴일이지만 요시카의 가게에 가볼까 생각하면서 잔기침을 되풀이했다. 오카다 씨와 리쓰코 이야기를 했다. 요즘 오카다 씨가 리쓰코에 대해 묻는 일이 늘었다. 리쓰코는 남편과 생활할 때보다 자주 연락을 했고, 에나의 초등학교 입학식 때는 오렌지색 가방을 멘 에나의 사진을 보내왔다. 일단 텔레비전과 세탁기, 오븐토스터는 갖춘 듯했다. 가을 전에 전자레인지를 사겠다고 한다. 내년 봄이 되기 전에 컴퓨터를 사고 싶다는 말도 하는 걸 보면 저금을 돌려받을 가망이 그럭저럭 있는 모양이다. 다만 에나의 양육비 교섭은 난항을 겪는 듯했다.

그런 이야기를 오카다 씨에게 했다. 우리 부모님도 이혼했는데 위자료나 양육비는 그리 쉽게 받을 수 없더라고요, 하고 나가세는 띄엄띄엄 하소연했다. 그런 긍정적인 논의가 가능하다면 애초에 이혼을 왜 하겠어요. 그런 건 다 부자들 이혼 얘기예요.

가볍게 웃으며 말할 셈이었는데 나가세를 바라보는 오카다 씨의 창백한 얼굴이 조금 복잡해 보였다. 오카다 씨는 억지로 말하지 않아도 돼, 라고 하며 나가세의 등 위쪽을 툭툭 두드렸다.

오카다 씨가 집안 문제로 고민한다는 걸 나가세는 어렴풋이 눈치채고 있었다. 리쓰코의 상황을 자신의 미래와 견주어 보려는 것도 왠지 알 수 있었다. 오카다 씨의 두 아들에 대해서는 이름과 나이, 어느 과목을 잘하는지 어떤 운동을 좋아하고 어떤 게임을 하는지도 알았지만 부부 사이가 어떤지는 들어본 적이 없었다. 단지 오카다 씨의 남편이 오사카에 있는 회사에 다니고 용돈에 불만이 있다는 사실밖에 알지 못했다. 남편이 불평을 해도 주택 대출금 때문에 용돈을 넉넉히 줄 수 없다고 오카다 씨는 변명했었다. 세상에는 자기가 번 돈은 전부 자기가 차지하고 살림에 대한 개념이 전혀 없는 리쓰코의 전남편 같은 남자도 있으니, 불만이 있어도 따르는 오카다 씨의 남편은 그나마 낫다고 나가세는 생각했다. 나가세의 아버지 역시 일을 한다는 개념이 전혀 없는 사람이었다. 일하지 않는 전남편에게는 위자료도 양육비도 받아낼 수 없다.

나가세는 콜록거리면서 그렇게 말했다. 나한테 잘못이 없다고 말할 수는 없지만, 하고 말하는 오카다 씨의 굳은 목소리가 기침 소리 사이로 들렸다. 오카다 씨가 이야기를 멈추려 하자 나가세는 뒷말을 계속하라는 손짓을 보내며 몸을 한껏 웅크리고 기침을 했다.

남편이 바람을 피우는 것 같아. 벌써 오래됐나봐. 나는 아무 말도 안 했지만.

나가세는 숨을 멈추고 기침을 참으려 했지만 역시 다시 기관지에 공기 덩어리가 치밀어 오르는 것을 느끼고 숨을 토해냈다. 목구멍 안쪽에 비릿한 피 맛이 났다. 이미 익숙한 일이라 나가세는 기침을 해대면서 떨리는 손으로 목캔디 봉지를 뜯었다. 쿨룩쿨룩이라는 의성어를 뛰어넘은 격렬한 기침은 마치 시끄러운 돼지의 영혼이 목구멍에 씌어 울어젖히는 소리 같았다.

상대도 가정이 있는 사람 같아. 세상이 어떻게 된 걸까. 어떻게 생각해? 남편이 동료한테 마누라를 봐도 아무 생각도 안 들어, 결혼하고 나서는 뒤룩뒤룩 살만 쪄서, 나는 자극을 원해, 라고 말했대. 그 동료의 부인한테 들었어. 하고 싶은 말이 뭘까?

그런 자극이 일반인들한테 있을 것 같나. 바보 아니에요?

그런 아저씨 죽어버리라고 해요. 그렇게 말하려 했지만 말이 나오지 않았다. 대신 나가세는 더 심각하게 콜록거리며 앞좌석에 머리를 붙이고 그대로 힘없이 몸을 웅크렸다. 오카다 씨가 몸을 쓸어주었지만 손을 들어 괜찮다고 표현할 기력도 없었다.

괜찮아요. 정말 괜찮아요. 늘 있는 일이에요.

나가세는 머릿속으로 그렇게 되뇌면서 관자놀이를 찌르는 통증을 참았지만, 끝내 눈조차 뜰 수 없었다.


집에는 오카다 씨가 택시로 바래다준 모양이다. 통근 버스에서 나가세를 끌어낸 오카다 씨는 JR 나라 역 근처에서 택시를 잡고 나가세의 휴대전화로 전화를 걸어 어머니에게 주소를 묻고 나가세를 집까지 데려다주었다. 공장에는 잠시 쉰다고 어머니가 휴가 신청서를 냈다고 한다. 택시 이야기도 신청서 이야기도 오늘 아침 상태를 살피러 온 어머니에게 들었다.

어쨌든 조금 기운 차리면 병원에 가. 택시를 부르면 되니까.

나가세는 고개를 저었다. 어머니는 얘가, 그 정도는 내가 내줄 테니까, 하고 말했지만 나가세는 다시 고개를 저었다. 어머니에게 그런 부담을 주기도 싫었고 이 정도 문제도 혼자

극복하지 못하는 자신을 인정하고 싶지도 않았다.

그나저나 잠시라니 얼마나?

나가세는 열에 시달리면서 눈을 부릅뜨고 천장을 올려다보았다. 평일 낮부터 자기는 오랜만이었다. 전에 언제 그랬는지도 기억이 나지 않는다. 공장도, 요시카의 가게도, 주말 컴퓨터 수업도 개근이었다. 공장에 나가고부터 5년 동안 일이라는 이름이 붙는 것을 빠진 적은 한 번도 없었다. 늘 쉬고 싶다고 생각했지만 그렇게 쉬면 자기가 근본부터 변할 것 같아 두려웠다. 쉬고 싶으면서도 비는 시간이 싫어서 일을 늘렸다. 요시카의 가게에서 하는 일은 마음이 편했고, 컴퓨터 강사 일은 노인들 말 상대가 주 업무라 그리 대수롭지 않게 여겼다. 자기 시간이 없다는 것에 안도했다. 어느 일이나 박봉이라는 사실이 이따금 나가세를 몰아세웠지만 그래도 노는 것보다는 나았다. 이전 회사를 그만둔 뒤 아무 일도 하지 않았을 무렵의 초조함을 생각하면 열이 오르는데도 사지가 떨렸다.

지금 나가세는 방에 누워 그저 천장의 나뭇결만 바라보고 있다. 낡은 에어컨 소리, 어머니가 가져다놓은 듯한, 집에서 가장 새것인 선풍기 날개가 돌아가는 소리를 듣고 있다. 가끔 기침이 났다. 반듯이 누워 기침을 하기란 힘들었다. 기침을 토해낼 때도 편한 방법이 있다. 바로 누운 자세로는 기침의 힘이 위쪽으로 작용해서 아픈 몸으로는 기침도 좀처럼 마음껏 할 수 없었다. 시원하지도 않은 기침을 끊임없이 자꾸 토해내는 건 참으로 번거로운 일이었다. 하지만 몸을 뒤척이는 건 더 귀찮다.

그렇다고 잠이 오는 것도 아니었다. 나가세는 다시 눈을 떴을 때 무슨 생각이 들지 무서웠다. 지금은 공장에 가고 싶은 마음뿐이다. 잠이 들면 의식이 끊겨 그 생각이 옅어질까 무서웠다.

오늘은 누가 나 대신 일했을까. 오카다 씨라면 잘 처리해줄 테니 괜찮으려나. 오카다 씨가 내준 택시비는 어쩌지. 어머니가 대신 갚았을까? 갚지 않으면 안 돼. 그렇게 낭비할 돈은 없지만. 이제 세계일주는 불가능하겠지. 다다음 달이면 돈이 모일지도 모르지만, 그건 그것대로 패배한 기분이다. 1년 안에 모으기로 결심했는데.

밖에서는 비가 내리기 시작해 밝았던 방이 갑자기 어두워졌다. 불을 켜고 싶었지만 일어나기도 버거웠다. 에어컨과 선풍기가 돌아가는 소리 사이로 이따금 빗소리가 들렸다. 후드득, 굵은 빗방울이 창문에 부딪치는 소리가 났다. 얼마나 내리는지 확인하려고 몸을 뒤척였지만 역시 관절이 쑤셔서 그만두었다.

낮이지만 밤처럼 어두워진 방에서 가만히 누워 있었다. 에어컨, 선풍기 소리와 빗소리가 뒤섞인 단조로운 소리가 졸음을 불렀다. 기침을 하면서 잿빛 천장을 노려보던 나가세는 이윽고 천천히 눈을 감았다.

이 시간은 뭘까.

얼굴을 위아래 좌우로 천천히 움직이며 최소한 울어보기라도 하려 했지만 솟구치는 감정이 하나도 없다. 그저 지붕 아래에서 잘 수 있다는 사실이 고맙다. 나가세는 정수리를 비추는 번갯불을 보며 생각했다. 비가 거세질수록 졸음이 밀려들었다. 다시 눈을 떴을 때 일을 그만두고 싶다는 생각을 하지 않게 해주세요, 하고 빌었다. 근처에서 천둥 치는 소리가 들렸다.

조금 기운을 차려 병원에 가니 과로로 감기가 잘 안 떨어지는 것 같다고 했다. 나가세의 설명을 그대로 말만 바꾸어 대답한 젊은 여의사는 컴퓨터 모니터 쪽으로 몸을 돌리고 나가세는 쳐다보지도 않은 채 진단을 내렸다. 입을 벌리라고 해 목구멍도 확인하지 않았다. 링거를 맞고 싶다고 하자 그럼 그러세요, 하고 역시 나가세 쪽은 보지도 않고 말했다.

저 사람 마음에 안 드는 소리라도 했나. 진료실 문을 닫으며 고민했다. 나가세보다 몇 살 어린 귀엽게 생긴 여의사였다. 젊고 귀엽고 여자인데 의사라니, 인생 8할은 먹고 들어가는 셈인데 눈길 정도는 줄 수 있지 않나. 링거액이 감질나게 튜브 속으로 흘러들어가는 모습을 응시하면서 생각했다. 기침을 크게 하면 주삿바늘이 팔에 파고들 것 같아 잔기침을 토하느라 괜한 스트레스를 받았다.

젊은 여의사의 무관심과 어머니와 요시카의 걱정 사이에는 굉장한 온도차가 있었다. 차를 몰아 종합병원까지 데려다준 사람은 요시카였다. 어머니는 직장에서 세 시간마다 문자를 보냈다. 여의사가 나가세 쪽을 쳐다보지도 않았다는 이야기를 하자 요시카는 코웃음을 치더니 쪼잔한 여자, 하고 내뱉었다. 나가세는 진단서를 받으러 간 거였으니 상관없다고 허세를 부렸다.

감기약을 먹고 이불 속에 들어가는 순간을 손꼽아 기다렸다. 공장은 이미 나흘이나 쉬었다. 나가세는 주말이라 공장이 휴일인 것에 안도했다. 내가 쉰다는 사실을 모두 잊어준다면 좋겠다. 아무에게도 아무 말도 듣지 않고 아무 일도 없었던 것처럼 라인으로 돌아가고 싶었다. 오카다 씨가 몇 번 전화한 기록이 휴대전화에 남아 있었다. 힘들면 다시 전화 안 해도

돼, 하고 음성사서함에 남겨준 말에 나가세는 고마움을 느끼
며 회신을 하지 않았다.

방에 있으려니 너무 심심해서 텔레비전이 있는 거실에 이
불을 끌어다놓고 하루 종일 누워 있었다. 이불을 아래층으로
끌어 내리느라 녹초가 되었다. 감기약으로 인한 졸음도 거들
어 그대로 잠들어버렸는데 무척 기분이 좋았다. 기침은 잦아
들었지만 열은 점점 올랐다.

화장실에 갈 때마다 복도에 늘어놓은 포토스 병이 눈에 들
어왔지만 아직 돌봐줄 기력이 없었다. 벌써 일주일 넘게 물
을 갈아주지 않아 뿌리가 얼마나 물을 빨아들였을지 짐작이
갔지만 포토스니까 괜찮을 듯했다.

이부자리에 드러누워 거의 의무적으로 기침을 하면서 텔
레비전 채널을 이리저리 돌렸다. 어느 방송이나 시시해서 어
머니가 두고 간 생수병 라벨을 읽기 시작했다. 제품 1리터를
살 때마다 아프리카에 10리터의 안전한 물이 생긴다고 쓰여
있었다.

나가세는 어깨 너머 툇마루 유리문 밖으로 줄기차게 내리
는 비를 바라보았다. 텔레비전에서는 한참 더 내릴 거라고
했다.

비가 내리는 나라에 산다는 사실만으로도 행복한 건지 모

른다. 그런 생각을 하면서 나가세는 잠에 곯아떨어졌다. 그 젊은 여의사에게 말해주고 싶었다. 그녀는 뭐라고 할까? 아무 말 없이 역시나 이쪽에 등을 돌리고 있을까? 그 생각을 마지막으로 나가세는 의식을 잃었다.

꿈속에서 나가세는 싱글 아우트리거 카누를 타고 이 섬 저 섬에 들러 그곳에 있는 사람들에게 라임포토스가 든 병을 나눠주었다. 대개 그리 기뻐하지는 않았지만, 물만 있으면 쑥쑥 증식한다니 굉장하지 않나요? 하고 나가세는 끈덕지고 소심하게 권했다.

어느 섬에서는 그래봤자 물이 없다면서 박정하게 받아주지 않았다. 요 1년 사이 포토스를 기르는 일이 돈이 가장 적게 드는 오락이라고 믿게 된 나가세는 힘없이 고개를 숙이고 그 섬을 뒤로했다.

병을 하나 들고 빛에 비추어보았다. 굵고 튼튼한 뿌리에서 가느다란 뿌리털이 뻗어 나와 병 바닥을 꾸불꾸불 세 바퀴 휘감고 있었다. 먹을 수는 없다고 했지. 나가세는 갑자기 짜증이 나서 카누에 쌓여 있는 포토스를 전부 바다에 버리려고 배를 마구 흔들었다. 하지만 병은 바다에 떨어지지 않고 나가세만 지쳐버렸다. 처음부터 진심으로 버릴 생각은 아니었는지도 모른다.

나는 아직 멀었어. 나가세는 포토스 병이 넘쳐나는 카누에서 노 젓기를 멈추고 고개를 떨구었다. 그러는 사이 카누는 푸른 바다 위를 점점 떠내려갔다. 정신을 차리고 보니 나가세는 흐르고 흘러 집 마당에 도착해 있었다. 담이 없는 뒷마당에 해안이 펼쳐져 있었던 것이다.

나가세는 카누에서 내려 당연하다는 듯이 툇마루로 올라갔다. 그날은 일이 있었다. 고개를 숙인 채 그래도 일은 하러 갈 작정이었다.

◖

수박을 먹던 어머니는 눈을 휘둥그레 뜨고 마당에 물탱크가 들어오는 광경을 툇마루 유리문 너머로 바라보았다. 배송기사가 집에 온다고 해서 오랜만에 브래지어를 한 나가세는 막 나은 몸을 느릿느릿 움직여 마당으로 내려가 배송기사에게 우산을 씌워주었다. 고등학교를 갓 졸업한 듯한 젊은 남자와 할아버지와 아저씨의 중간쯤 되는 정년이 가까워 보이는 중년 남자가 물탱크를 가지고 왔다. 미리 준비한 주머니칼로 포장을 풀려고 꾸물거리자 중년 남자가 도와드릴까요?

하고 물었지만 그들에게도 다음 일이 있을 테니 정중히 사양
했다.

어머니의 부탁으로 어느 한국 아이돌 라이브 티켓을 예약
하려고 오랜만에 인터넷에 접속했다가 덜컥 물탱크를 사버
렸다. 어차피 세계일주 자금을 모으는 데 실패했으니 뭐든
원하는 걸 사고 싶었다. 그래서 물탱크를 샀다. 어차피 살 거
였다면 장마철부터 설치해두면 좋았을 텐데. 왜 이제야 산
거야, 하고 손에 넣고도 후회했다.

구입은 충동적으로 결심했지만 어느 탱크를 살지는 한 시
간 가까이 고민한 끝에 낙수받이에 직접 연결하는 타입으로
80리터짜리를 샀다. 그 전까지 나가세는 물탱크는 단순히 마
당에 방치해두는 물건인 줄로만 알았지 낙수받이에 연결하
는 줄은 몰랐다.

빗줄기가 잦아들자 오랫동안 쓰지 않았던 공구를 꺼내 비
옷을 입고 필사적으로 낙수받이와 물받이통을 연결했다. 겨
우 나았는데 또 열나면 어쩌려고, 그러다 기침한다, 하고 어
머니는 나가세의 머리 위에 우산을 씌워주며 잔소리를 했다.
하지만 나가세가 들은 척도 않자 수박 남아 있어, 하는 말을
남기고 집 안으로 들어갔다.

흥분으로 열이 오른 듯했지만 관절통과 기침은 싹 가셨다.

가벼운 작업을 하니 오랜만에 허기가 져서 인스턴트라면과 수박을 먹었다. 그대로 자면 살찔 거라는 이성의 제지도 무시하고 나가세는 양치질도 하지 않고 그대로 이불 속으로 들어갔다.

그날 밤 사나운 비가 내렸다. 한밤중에 일어난 나가세는 방에서 비가 새는 자리에 받칠 대야를 찾으러 아래층으로 내려간 김에 덧문을 살짝 열고 물탱크를 살펴보았다. 비를 맞아 희미하게 흔들리는 녹회색 물탱크를 바라보며 나가세는 연달아 세 번 요란한 재채기를 했다.

방으로 돌아가 머리맡의 전기스탠드를 켜고 한동안 건드리지 않았던 수첩을 펼쳤다.

-8980

그 밑에 뭔가 적을 말을 찾았지만 떠오르지 않았다. 이제 그만하자, 라고 적으려다가 역시 그만두고 나가세는 스탠드를 껐다.

내일 수업에는 나가겠습니다. 걱정 끼쳐 죄송했습니다. 전화기에 대고 거듭 사과하자 이틀 정도 쉰 일로 그럴 필요 없어요, 하고 상공회의소 수업을 관리하는 여자가 대꾸했다. 그런가, 컴퓨터 수업은 한 주 밖에 안 쉬었구나. 달력을 보는데 기분이 이상했다.

공장은 이미 아흐레나 쉬었다. 오카다 씨 외에 다른 라인 사람들도 정말 괜찮아? 이쪽 일은 걱정 마세요, 하는 문자를 보내주어서 나가세는 민망하면서도 고마운 마음으로 많이 좋아졌습니다, 하고 답장을 보냈다.

한낮까지 빈둥거리다가 공장에 갈 시간이 되자 잠이 깨버려서 이럴 줄 알았으면 오늘부터 출근할걸, 하고 잠깐 후회했다. 아직 기침도 조금 나고 몸도 나른했지만 이 정도 몸 상태로 근무하는 것은 흔한 일이었다. 텔레비전을 보면서 우물우물 계란죽을 먹었다. 구름이 잔뜩 낀 우중충한 날씨였다. 지금은 그쳤지만 일기예보에서는 밤에 또 비가 내릴 예정이라고 했다.

선풍기 앞에 앉아 머리카락을 엉망으로 흩날리며 죽을 먹었다. 그러면서 나가세는 적란운을 생각했다. 여름의 상징 같은 크고 높은 적란운 아래에서는 큰비가 내리고 천둥이 친다고 한다. 하지만 그걸 보며 여름이구나, 하고 생각하는 다른 곳에서는 그 적란운 아래에서 벌어지는 일이 보이지 않는다. 그 점이 이상했다. 어느 장소에서 구름이 보일 때 그 구름은 보통 그곳에서 얼마나 떨어진 곳의 상공을 떠다니는 걸까. 나가세는 생각했다. 태평하게 여름을 느끼는 이쪽과, 폭우다, 천둥이다! 하고 큰 소동을 벌이는 저쪽의 경계가 흥미로웠다.

목욕을 하고, 쉬는 동안 어질러놓은 방을 정리하니 더 할 일이 없었다. 열두시 반을 가리키는 알람시계를 노려보며 요시카네 가게라도 갈까 하다가 갑자기 물탱크가 궁금해져 마당으로 나갔다.

물탱크를 열어보니 바닥에서 5분의 1 높이까지 물이 차 있었다. 기대만큼은 아니어서 조금 낙담하면서도 탱크값은 들었지만 공짜로 물을 손에 넣었다는 사실을 기뻐했다. 한동안 갈지 않았던 포토스 병의 물을 갈았다. 복도에 열 개 넘게 쭉 늘어선 라임포토스는 세 장 내지 다섯 장쯤 되는 큼직한 잎사귀를 펼치고 유난히 싱그럽게 자라고 있었다. 튼튼한 줄기에서 갈라진 어린 줄기가 잎사귀 끝만 원래 줄기에 딱 붙인 채 '〈'자로 꺾여 있는 모습은 흡사 나비 번데기 같았다. 비닐을 뭉쳐놓은 듯한 균일한 색 때문에 아무리 봐도 무생물처럼 보이는 포토스가 역시 살아 있다고 느끼는 순간은 그런 모습을 볼 때였다.

포토스를 다시 복도에 늘어놓는 사이 우편함에 묵직한 물건이 떨어지는 소리가 들렸다. 현관에 나가보니 리쓰코가 보낸 A4 크기 봉투였다. 안에는 리쓰코의 짤막한 편지와 에나가 만든 듯한, 크레용으로 그린 그림과 원본 도록의 컬러 복사본이 들어 있었다.

'에나가 여름방학 자유 연구 숙제를 벌써 완성했어. 너한테 보내라고 해서 보내. 연구 제목은 〈먹을 수 있는 관엽식물〉이야. 에나는 딸기를 키우자고 시끄럽게 구는데, 일단 페퍼민트를 사 왔어. 잎을 뜯어 홍차에 넣어 마시면 좋아. 일을 마치고 돌아와서 페퍼민트 잎을 넣은 홍차를 마시면 다시 살아나는 기분이야. 그리고 너희 어머니 계좌에 일단 두 달 치 집세 입금했어. 너한테도 작년에 친정에 갈 때 빌렸던 교통비 입금했어. 회사에서 보너스를 받았거든. 뭐, 쥐꼬리만큼이긴 하지만……'

나가세는 리쓰코의 편지를 밥상 위에 내려놓고 에나가 그린 그림을 뚫어져라 바라보았다. 딸기가 어지간히 마음에 들었는지 씨 하나하나까지 꼼꼼히 그려서 오히려 맛이 없어 보였다. 골파\*는 초록색 크레용으로 선만 그려놓고 끝이라 전혀 의욕이 느껴지지 않았다. 어렵사리 그린 페퍼민트의 설명 칸에는 특징을 파악하기 어려웠는지 엄마가 이걸, 좋아합니다, 라는 글이 달려 있었다. 월계수 칸에는 엄마가, 이건 스튜

---

\* 파의 변종으로 파보다 잎이 작고 가늘다. 20~30센티미터쯤 자라며 잎과 비늘줄기를 식용한다.

에 필수라고 했습니다, 라고 적혀 있었다.

나가세는 에나의 자유 연구 숙제를 몇 번 되읽고 나서 회사에서 돌아올 어머니의 눈에 금방 띄도록 봉투에서 꺼낸 채로 텔레비전 앞에 두었다. 시간이 꽤 흐르지 않았을까 생각해 시계를 보았지만 그렇지도 않았다. 리쓰코나 에나에게 답장을 쓸 생각으로 전화기 옆에 있는 메모장과 볼펜을 들었지만, 그 시간은 조금 더 나중으로 아껴두려고 원래 자리에 돌려놓았다. 그런 시간을 낼 수 있는 건 지금뿐이잖아. 나가세의 이성적인 부분이 현실을 알려주었지만 어쩐지 바로 답장을 쓰기가 아까웠다.

밥상에 널브러져 몸을 좌우로 흔들며 할 일을 찾던 나가세는 오카다 씨에게 갚을 돈을 찾으러 가기로 했다. 내일 컴퓨터 수업에 다녀오면서 찾아도 되지만 영업시간 외 수수료가 아까웠다.

오랜만에 외출복으로 갈아입고 자전거를 타고 나갔다. 공장보다 비교적 부담이 적다고는 해도 내일부터 다시 일을 하러 나간다고 생각하니 기분이 이상했다. 쉬는 습관이 몸에 배어 앞으로 괜찮을까 불안했지만, 힘들면 적당히 꾀를 부리면 된다고 가볍게 생각했다. 지금까지 그런 식으로 생각한 적은 한 번도 없었는데.

역 앞으로 가서 은행 현금인출기로 향했다. 오카다 씨가 내주었을 택시비를 어림짐작으로 인출한 다음 화면에 표시된 잔액을 확인한 나가세는 숨을 삼켰다.

1,631,042

한참 생각하다가 이윽고 공장을 쉬는 사이 2주 치 정도의 보너스가 나왔을지 모른다는 결론에 도달했다. 게다가 이번 달 월급, 리쓰코가 갚은 교통비까지. 간신히 163만 엔을 넘긴 것이다.

작년에도 재작년에도 안 줬으면서. 대체 무슨 변덕일까, 그 회사는.

얼이 빠진 나가세는 입을 반쯤 벌린 채 느릿느릿 자전거로 돌아가 열쇠를 꽂고 안장에 올라탔다. 한쪽 발을 땅에 대고는 한동안 가만히 서 있었다. 이대로 집에 돌아가면 몸속에 쓸데없는 기운이 넘쳐나서 오히려 기분이 나빠질 것 같았다. 요시카의 가게에 가도 영문 모를 소리를 지껄여서 오히려 방해만 할 듯한 예감이 들었다.

일단 세계일주 크루즈 여행 자료를 신청할 엽서를 가지러 공장에 가기로 했다. 그런 짓을 했다가 다시 몸이 안 좋아질지 모른다는 생각이 마음속 어딘가에 잠깐 들었지만, 그래도 가보기로 했다. 그저 자전거를 타고 달리고 싶었던 것뿐인지도 모른다.

나가세는 통근 버스가 다니는 부근까지 갔다. 거기서부터
는 항상 보는 풍경을 떠올리며 페달을 밟았다. 공장까지는
언제나 버스 출발지에서 15분쯤 걸렸다. 자전거로 가면 그
두 배는 걸릴까? 그런 생각을 하며 나가세는 비 냄새를 맡았
다. 더운 여름 공기는 끈적끈적했지만 날이 흐려서인지 이따
금 아주 조금 시원한 바람이 불었다.

신호에 거의 걸리지 않아 공장에 생각보다 빨리 도착했다.
낮에 자전거를 타고 찾아가기는 처음이라, 나가세는 고민 끝
에 수위에게 사원증을 보여주며 자전거를 밀고 정문으로 들
어갔다. 당신, 요즘 쭉 안 나왔지? 그만둔 줄 알았어, 하고 정
년 후 재고용 제도로 들어왔다는 수위가 말을 걸었다. 나가
세는 수위가 자기를 기억한다는 사실에 놀라며 감기에 걸렸
었다고 대답했다.

"여름은 그렇지. 에어컨이다 뭐다 해도 밖은 더우니까, 고
생이야."

"비도 아직 자주 내리고요."

어중간한 낮 시간에 찾아온 이유에 대해서는 잊은 물건을
가지러 왔다고 적당히 둘러댔다.

세시에 시작된 휴식 시간이 이제 막 끝나 라커룸에서 여자

들이 줄줄이 나오고 있었다. 그중에서 오카다 씨의 모습을 찾았지만 보이지 않아 나가세는 불안한 마음으로 벽 쪽으로 붙어 여자들의 행렬을 거슬러 올라갔다.

라커룸에는 오카다 씨가 혼자 앉아 있었다. 오카다 씨는 테이블에 팔꿈치를 대고 깍지 낀 손 위에 이마를 붙인 채 세계 일주 크루즈 여행 포스터 밑에서 커다란 장식물처럼 굳어 있었다.

작은 목소리로 조심스레 이름을 부르자 오카다 씨는 화들짝 놀라 고개를 들었다. 그러고는 나가세를 발견하고 무슨 일이야, 다음 주부터 나오는 거 아니었어? 하고 허둥지둥 머리카락을 매만졌다.

"작업복 가지러 왔어요. 주말에 빨려고요."

"그렇구나. 일부러 올 것 없이 말해줬으면 내가 우리 집에 가져가서 내 거랑 같이 빨았을 텐데."

오카다 씨의 말에 나가세는 왠지 그 자리에 풀썩 주저앉고 싶었지만, 그러지 않고 쉬는 동안 보너스가 나왔어요? 하고 확인했다.

"그래, 올해는 나왔더라고. 쥐꼬리만큼이지만. 뭐라더라, 로션이 잘 팔렸대. 인터넷 평가 사이트에서 좋은 점수를 받았다나."

오카다 씨는 머리에 위생모를 눌러쓰고 가까이 있던 찻잔의 음료를 비운 뒤 일어섰다. 그러면서 아아, 벌써 시간이 이렇게 됐네, 자, 일하러 가야지, 일하러, 하고 과장스러울 정도로 수선을 떨며 나가세가 살짝 닫아두었던 문을 밀었다.

"있지. 나, 사실은 남편하고 헤어지려고 했는데." 오카다 씨는 문 옆에 멀거니 선 나가세를 향해 눈꼬리를 내리며 살짝 웃었다. "일단 아이들이 성인이 될 때까지는 어떻게든 힘내보려고 해. 아무래도 생활이 걸려 있으니까. 전에는 이상한 소릴 해서 미안했어."

나가세는 몇 번이나 고개를 작게 끄덕였다. 그리고 고개를 끄덕인 게 사과를 받아들인다는 의미가 아니라 오카다 씨의 결단을 긍정한다는 의미로 전해졌을지 갑자기 불안해져 이번에는 도리질을 치기 시작했다. 오카다 씨는 그런 나가세를 보며 뭐야, 하고 어이없다는 듯이 고개를 움츠리며 복도로 나갔다.

"오래 쉬기도 했으니, 저라도 괜찮다면 뭐든 말씀하세요. 보너스 쓸 데도 없으니까 간단하게라도 괜찮으면 제가 한턱 낼게요."

뒤통수에 대고 그렇게 말하자 그러게, 하고 오카다 씨가 고개를 돌렸다.

"일 금방 끝나니까 차나 한잔해. 먼저 역 쪽에 가 있어도 괜찮고."

알겠습니다, 그럼 제 친구네 가게에 가요, 퇴근 시간에 맞춰서 연락드릴게요, 라고 말하자 오카다 씨는 손을 들고 그럼 이따 봐, 라고 말한 다음 종종걸음으로 복도 저편으로 사라졌다.

정문으로 나가는 복도에서 게시판에 세계일주 크루즈 여행 포스터를 붙였다는 과장과 마주쳤다. 무슨 일이야? 다음 주 월요일부터 나오는 거 아니었어? 하고 묻기에 크루즈 여행 자료를 신청하려고 엽서를 가지러 왔습니다, 하고 솔직하게 대답했다. 그러는 편이 과장도 부인에게 들려줄 이야깃거리가 생겨 좋을 것 같았다.

"뭐야, 나가세 씨, 세계일주 갈 거야? 굉장하네."

그 말에 나가세는 한순간 멍해져 아니 그냥, 하나의 선택지로 가져가보는 것뿐이에요, 하고 웃었다. 그런가, 하나의 선택지인가. 과장은 이해한 건지 아닌지 유난스레 감탄하고는 아, 그렇지, 하고 생각났다는 듯이 말했다.

"다음 주부터 나가세 씨네 라인에 한 사람 새로 들어가니까 잘 돌봐줘."

대학교를 졸업하고 4년간 일한 경험이 있는 스물일곱 살

여성이라고 했다. 나가세는 그런 사람이 어째서 이런 공장에 오게 되었는지는 생각하지 않기로 했다.

과장과 헤어진 후 주머니 속에 반으로 접어 넣은 크루즈 여행 자료 신청 엽서를 움켜쥐고, 뭔가 잊어버린 기분인데, 하고 고개를 갸웃거렸다. 나가세는 자전거를 밀며 정문을 빠져나갔다.

그래, 택시비를 갚는다는 걸 깜빡했구나. 나가세는 공장 앞 비탈진 도로를 내려가며 기억해냈다. 코끝에 차가운 물방울이 떨어진 듯해 서둘러야겠다고 생각했다. 하지만 산 너머로 보이는 하늘은 맑았다. 친구들이나 어머니의 머리 위는 지금 어떨까.

페달에 발을 얹고 내리막길을 달리면서 목표 금액을 모은 기념으로 뭔가 해야겠다고 생각하니 정말 기분이 좋았다. 비에 발이 묶이기 전에 역 앞으로 돌아갈 수 있을 듯했다. 몸이 이 정도로 움직이는 감각은 몇 년 만에 느껴보는 것이었다.

우선 오카다 씨한테 홍차와 스콘을 대접하고, 에나한테는 딸기 모종을 사줘야지. 나가세는 자전거를 세우고 가방에 넣어둔 수첩을 펼치려다가 그만두었다.

대신 다시 안장에 걸터앉아, 달렸다.

또 만나.

누구에게랄 것 없이 나가세는 중얼거렸다. 아우트리거 카
누를 탄 포스터 속 소년이 나가세를 향해 손을 흔드는 것 같
았다.

12월의 창가

도가노 타워 꼭대기를 이른바 첨탑이라고 부르지 못할 것
도 없다는 사실을 최근에야 깨달았다. 인터넷으로 구조를 조
사해보니 최상층은 전망대고, 그 바로 밑은 회의실이라고 했
다. 그 사실을 알았을 때 쓰가와는 영문 모를 분노에 사로잡
혔다. 저렇게 높은 곳에서 무슨 회의를 한다는 거야. 스타워
즈 찍어? 장난해?

　제다이 흉내라도 내는 건가. 오늘도 그런 밑도 끝도 없는
생각에 파묻혀 있던 쓰가와는 엘리베이터 홀 쪽에서 들려오
는 여자들의 웃음소리에 반사적으로 몸을 숨기듯 벽에 붙었
다. 그녀들이 자동판매기가 있는 모퉁이를 지나 복도 안쪽
흡연 구역으로 들어간 것을 소리로 확인한 쓰가와는 한숨을

쉬며 다시 가랑비 너머로 보이는 거리 풍경에 마음을 기울였다. 직장이 있는 빌딩 가까이 흐르는 강에 놓인 다리 끝으로 새로운 입간판이 또 늘었다. 눈여겨보지 않아도 무차별 폭행범을 조심하라는 내용임을 알 수 있었다.

여름 끝자락부터 이 부근을 떠들썩하게 만든 무차별 폭행범에 대한 소문은 11월에 접어들었는데도 사라질 줄 몰랐다. 쓰가와의 동료 여직원들은 공포나 혼란에 빠져 겁을 먹기는커녕 비일상적인 이벤트에 집단적인 관심을 보이며 대부분 긴장감 없이 적당히 웃어넘겼다. 그렇지만 폭행범이 출몰함으로써 주변 회사원들의 생활이 위협받고 있다는 사실은 변함없었다. 속 편해서 좋겠네. 매일 혼자 집에 돌아가는 쓰가와는 생각했다. 검은 파카에 후드를 눈까지 깊숙이 끌어내린 무차별 폭행범은 납 파이프를 들고 길모퉁이 전봇대 그늘에 숨어 행인을 노린다고 했다. 처음 소문이 돌기 시작했을 때부터 쓰가와가 다니는 직장의 어린 여자들은 함께 하교하는 초등학생처럼 자발적으로 똘똘 뭉쳐 퇴근했다. 쓰가와에게는 그저 이상하게만 보였다. 그녀들은 자기 업무를 마치고도 회사에 남아 조잘조잘 수다를 떨며 다른 귀가 멤버를 기다리고, 모두 모이기 전에는 아무도 돌아갈 생각을 않는다. 회사에서 사람들이 사라지는 데 비례해 능률이 오르는 쓰가와의 입장에서는 이기적인 생각인 줄 알면서도 그녀들의 행동이 몹시 거슬렸다. 요일별로 귀가 조가 짜여 있는지, 그녀들은 마치 누군가의 지시라도 받은 것처럼 충실하게 조를 지키며 위험하다는 빌딩가를 활보했다.

쓰가와가 그 집단에 들어간 적은 한 번도 없다. 한 달간의 파견 근무를 마치고 돌아와보니 조별 귀가 배정표가 라커룸 출입문에 붙어 있었다. 초가을까지 근무처가 정해지지 않아 온갖 부서를 전전하다 끝내 공장 파견까지 다녀온 쓰가와를 각자의 일이 끝나는 시각에 맞춰 짜놓은 조에 집어넣기도 어려웠겠지만, 근무처가 정해지고 대략적인 퇴근 시간을 짐작할 수 있게 된 후에도 쓰가와를 불러주는 사람은 한 명도 없었다.

어쩔 수 없지. 나이 차이가 있으니. 쓰가와는 매일 밤 스스로를 타일렀다. 그리고 근대 건축물과 고층 빌딩이 뒤죽박죽 섞여 있는 거리를 구부정한 자세로 걸어가면서 무차별 폭행범을 원망했다. 너만 없었다면 나도 이렇게까지 고립되지는 않았을 텐데…… 쓰가와가 다니는 회사는 사원 수 300명쯤 되는 그럭저럭 큰 인쇄회사의 지사로, 본사는 교외에 있었다. 쓰가와는 애초에 그 본사에 입사했는데 연수가 끝나면서 지사로 배속된 것이었다. 처음에는 촌스러운 전원 풍경 속에 우뚝 선 본사가 아니라 교통도 편리하고 누가 봐도 세련된 오피스 거리 한복판에 있는 지사에 다니게 되어 기뻤다. 하지만 이내 인근 지역 출신 고졸 여직원이 대부분이라 회사 선배가 대개 자기보다 서너 살 어리다는 사실을 알았다. 몇 달 지나지 않아 자신이 그녀들 사이에서 철저하게 배제되어 있다는 사실을 사무치게 깨닫자 어째서 이런 폐쇄적인 곳으로 보낸 거지, 본사에서 영업이나 하는 게 나았어, 하고 인사부를 원망하게 되었다. 쓰가와와 마찬가지로 지사에 배속된 대졸 직원이 있었지만 부서가 달랐고 쓰가와보다 나이가 많은 만큼 모나지 않게 지내는 듯해 그것도 쓰가와의 자기혐오를 부추겼다.

흡연 구역 쪽에서 내 건 엄청 증식해서 집에서 새 병을 가져왔어, 거짓말, 진짜? 내 건 죽었으니 그럼 좀 나눠줘, 하고 야단스럽게 떠드는 소리가 들렸다. 이유는 모르겠지만 최근 요구르트 균 배양이 유행하고 있다. V계장 친구의 친구가 유산균을 국내에 가져온 교수의 지인의 지인이라나. 사내에서는 이 사람에서 저 사람으로 유산균이 돌고 돈다. 유산균을 나눠주기 시작한 V계장은 본사에는 절대로 주지 않겠다며, 교수의 신원을 알 수 있는 특수한 유산균을 보유하는 것은 이 지사 사람들만의 특권이라고 했다. V계장은 외부 사람들에게는 나눠주지 않고, 집에도 가져가지 않는다는 조건으로 지사 구석구석에 유산균을 퍼뜨리고 있다.

제 건 2리터짜리 페트병 하나 가득 증식했어요. 밥 대신 요구르트를 먹어도 될 정도라니까요. 어머니한테 나눠주려고 했더니 이제 물렸다고 질색을 하더라고요.

누가 말을 건 것도 아닌데 멍하니 머릿속으로 대화에 어울리고 있는 자신이 한심해서, 가랑비가 내리는 거리 풍경이 괜히 더 울적해 보였다. 쓰가와도 요구르트를 배양하지만 백화점에서 산 유산균으로 만든 것이었다.

휴대전화로 시간을 확인하니 자리를 비운 지 제법 되어 종종걸음으로 엘리베이터 홀로 돌아갔다. 그러고 보니 예정표에는 V계장이 이맘때 회사로 돌아온다고 적혀 있었다. 그것이 기억나자 쓰가와는 거의 눈물이 날 것 같았다. 좀처럼 오지 않는 엘리베이터의 현재 위치를 나타내는 계기판을 보며 몰래 빠져나온 자신을 탓했다. 그렇지만 자리로 돌아가도 단순히 하청업체의 전화를 기다릴 뿐, 눈치 없는 직속 선배 P는 틈을 내어 일을 나눠주려고 하지도 않는다. 애초에 일을 기다리기만 하는 자세가 나쁘다고 상사들이 걸핏하면 지적해서, 그러면 PC라도 점검하자 싶어 아무도 쓰는 꼴을 본 적 없는 컴퓨터에서 조각 모음을 했더니 왜 시키지도 않은 짓을 하느냐며 같은 팀의 Q선배에게 죽도록 싫은 소리를 들은 적이 있다. 나중에 관찰하니 Q선배는 V계장이 일거리를 주지 않고 애를 먹일 때마다 그 자리에서 하루 종일 채팅을 했다.

오만상을 쓰며 겨우 문이 열린 엘리베이터를 탔다. 나가토와 마주치진 않을까. 쓰가와가 다니는 회사 세 층 위 의약품 도매상 영업소에서 일하는 나가토와는 여름이 끝나갈 무렵부터 함께 점심을 먹으러 가곤 했다. 다만 나가토가 외근을 나가지 않을 때에 국한된 일로, 쓰가와는 일주일 중 절반 이상은 혼자 점심을 먹었다. 혼자 밥을 먹는 일 자체는 딱히 힘들지 않았다. 그렇지만 이것저것 회사 이야기를 털어놓는 사이 나가토에게 하는 이야기 속에 문맥 같은 것이 생겨나자 무슨 일이 일어날 때마다 그녀에게 말하고 싶은 충동이 들었다. 나가토는 쓰가와보다 네 살 연상으로 사내에 자기 얘기를 제대로 들어줄 선배가 없는 쓰가와에게는 회사에서 느낀 불만을 거의 실시간으로 털어놓을 수 있는 귀중한 상대였다. 회사에 '이야기를 제대로 들어줄 사람이 없다'고 느끼는 이유는 대부분의 선배가 연하의 여자인 데 있었다. 또한 얼마 되지 않는 나이 많은 사원은 모두 V계장과 연결되어 있어서, 쓰가와가 느끼는 스트레스의 대부분이 V계장에게서 비롯되는 만큼 동료들에게 불만을 낱낱이 털어놓을 수는 없었다.

자리로 돌아가기 전에 화이트보드에 적힌 예정표를 확인했다. V계장이 아직 회사로 돌아오기 전이라 쓰가와는 안도의 한숨을 쉬었다.

"잠깐, 쓰가와."

어깨를 축 늘어뜨리고 책상 사이의 비좁은 통로를 걸어가는데 P선배가 말을 걸어왔다. 평소 쓰가와에게 말할 때만 표정에 거의 변화가 없는 그녀가 웃으며 말을 걸기에 뭐 좋은 소식이라도 있나 싶어 쓰가와는 애써 살갑게 대답했다.

"쓰가와, 이번 달 업무 문제로 S인쇄에 계속 전화 걸었지? 그런데 계속 자동응답기였다면서?"

"네."

그렇게 대답하자 P선배는 옆자리의 Q선배와 얼굴을 마주 보더니 못 참겠다는 듯 웃음을 터뜨렸다.

"그거 잘못 건 거야. 방금 전에 전화가 왔어. '쓰가와라는 사람한테서 몇 번이나 전화가 왔어요. 죄송합니다, 정말 죄송합니다만 K사의 사내 영업보고서 목차 문제로 의논할 일이 있습니다, 연락 좀 주세요, 하고 엄청 어두운 목소리로 메시지를 남겼던데 저는 S인쇄하고는 아무 상관도 없습니다'라던데?"

P선배와 마주 보고 있던 Q선배의 웃음소리가 커졌다. 쓰가와는 생각했다. 나도 웃고 싶네. 하지만 어떤 감정도 치밀어 오르지 않고 거친 콧숨만 나왔다.

쓰가와의 원고를 바탕으로 데이터 작업을 해주는 S인쇄에 일을 맡긴 후 꼼꼼히 살펴보았더니 목차 페이지에 오기가 있었다. 사실은 영업 담당인 V계장에게 보고하고 그쪽에 수정을 부탁하는 게 옳겠지만, 그런 짓을 해서 이 이상 밉보이면 정신적으로 버티지 못할 게 뻔해서 보고서 목차와 중간 표지, 겉표지를 제작하는 S인쇄 담당자에게 은밀히 부탁하기로 결심했던 것이다. 전화를 걸기 시작한 지 오늘로 사흘째, 자동응답기에 열 번 가까이 메시지를 남겼는데 전부 잘못 건 전화였다니.

쓰가와는 다시 한 번 S인쇄 홈페이지에서 전화번호를 확인하고, 식은땀을 흘리며 전화기를 들어 차분히 번호를 눌렀다. 눈앞이 깜깜했다. 이제 끝장이다. 실수한 목차 그대로 K사의 사내 영업보고서가 발행되는 날에는 조례 시간에 그 사람에게 조리돌림을 당할 것이다. 인격을 부정당한다. 이런 실수를 하는 사람은 다음번에도 실수해. 그런 인간하고 어떻게 함께 일을 하겠어? 앞으로 조심하겠다고 해봤자 뻔하지. 말뿐인 사죄는 듣고 싶지 않아.

그럼 상사에게 보고해서 차라리 잘라달라고 외치고 싶지만, 회사 사정상 그렇게 하지도 못할 것이다. 쓰가와를 지금 회사에서 쫓아내면 정사원이나 아르바이트를 고용하기까지 시간이 정말 오래 걸릴 테니까. 그야말로 신규 대졸자가 입사하는 내년 4월 정도나 되어야 이야기가 진행될 것이다. 그 정도로 비열하고 느려 터진 회사다. V계장도 일을 그렇게 만들어 자기가 애지중지하는 P선배를 힘들게 하고 싶지는 않을 것이다. 무엇보다 P선배에게 자기 때문에 내가 그만두었다는 오해를 사기 싫은 게 아닐까? 만일 그만둔다고 하면 무슨 소리를 들을까. 생각만 해도 스트레스가 밀려와 골치가 지끈거렸다. V계장은 6월에 교정 팀을 하나 없앴다. 여직원 세 명으로 구성된 팀 하나를 통째로 몰아세웠다. 공격 대상을 작은 동그라미 안에 몰아넣음으로써 그 바깥에 있는 사람에게 안도감과 함께 공포를 주어 자신의 힘을 과시하려는 V계장의 전략이다. 그렇게까지 구는 인간의 뜻을 거스르고도 무사할 리가 없다.

그래서 S인쇄 담당자가 거기라면 고쳐놓았습니다, 하고 아무렇지도 않게 말했을 때는 열이라도 나는 것처럼 몽롱한 상태에서 안도감을 느꼈다. 정말인가요? 어째서요? 그렇게 되묻자 담당자는 약간 짜증스러운 말투로 저희 회사에서도 그 정도는 확인합니다, 라고 대답했다.

"원래 그렇게 하나요?"

"그쪽에서는 안 그럽니까?"

젊은 목소리의 남자는 이야기를 빨리 끝내고 싶은 눈치였다. 쓰가와는 아니, 그래요, 그렇지요, 하고 흥분한 목소리로 대답하고 수고를 끼쳤습니다, 고맙습니다, 하고 전화기를 든 채 몇 번이나 고개를 숙인 뒤에야 전화를 끊었다.

지시를 곧이곧대로 따른다면 이런 업무는 V계장을 통해서만 해야 한다. S인쇄에 연락하는 것은 쓰가와의 일이 아니다. 마치 뒷거래를 제안하는 듯한 기분으로 전화를 걸었는데 이렇게 간단히 해결될 줄은 생각도 못 했다.

이마에 번진 땀을 닦으며 진행 중인 업무 자료를 정리하는데 연락을 기다리던 하청업체에서 전화가 왔다. 단골 거래처에서 보낸 문서에 표시해둔 교정 부호를 못 알아보겠다는 내용이었다.

"가운뎃점을 꽃으로 표현해달라는 뜻인데요."

"하지만 함께 보낸 데이터에 있는 꽃이라면, 옆 폰트에 비해 너무 커서 보기 흉한데요?"

"그런가요?"

"작게 줄이면 찌그러지고요."

지난 몇 달 동안 함께 일해온 하청업체의 시간제 직원은 말투가 부드럽고 차분한 사람이다. 그렇다고 일이 느린 것도 아니고 예기치 못한 사태에도 신경질을 부리지 않고 세세한 부분까지 꼼꼼히 볼 줄 알아, 쓰가와는 내심 이 사람과 업무 이야기를 하는 편이 회사 사람들과 이야기하는 것보다 편하다고 생각했다.

"난처하네요."

"비슷한 종류의 다른 이미지를 써도 된다면 그렇게 할까요?"

"네. 그럼 그 이미지를 보내주실 수……"

눈앞의 서류에 그늘이 드리워 쓰가와는 말을 멈췄다. 미간에 화장이 약간 뭉친 V계장이 차가운 눈으로 쓰가와를 굽어보고 있었다.

"이봐, 뭘 그리 주절거리고 있어?" V계장은 쓰가와가 보고 있는 자료를 낚아채며 계속 쏘아붙였다. "뭘 그리 주절거리느냐니까! 대답해봐, 어차피 알지도 못하지? 어차피 넌 몰라. 내가 설명할 테니 전화기 내놔!"

V계장은 쓰가와의 손에서 전화기를 빼앗더니 고의적일 정도로 똑 부러지게 설명을 하기 시작했다. 그렇게 몇 마디 이어나갔지만, 요약하면 거래처에 일단 문의하겠다는 말이었

다. 하청업체 직원이 찾은 다른 이미지에 대한 이야기는 그 자리에서 무시했다. 쓰가와는 아무리 생각해도 전화 상대에게 그대로 들리는 줄 알면서 V계장이 비난을 퍼부은 일이 놀라웠다.

쓰가와는 이상하게 여기며 주위를 둘러보았다. 방금 전 Q선배와 담소를 나누던 P선배는 이쪽으로 눈길조차 주지 않고 언제 그랬느냐는 듯 일에 몰두하고 있다. Q선배도, 다른 동료나 선배도 모두, 방금 전 사무실에 V계장의 욕설이 울려 퍼졌지만 그런 일은 없었다는 듯이 일하고 있다.

"어딜 봐? 내가 말하고 있는 게 안 보여?"

"아니."

부정의 말이 그만 입 밖으로 튀어나왔다. 쓰가와는 식은땀을 흘리며 후회했다.

"버르장머리 좀 봐, 사람이 얘기하는데. 나도 예전에 업무 얘기 중에 한눈팔다가 선배한테 혼난 적이 있어. 그런데 넌 '아니'라니 뭐야? 얼굴 찌푸리지 마. 넌 버릇이 없어, 버릇이. 방금 전 하청업체하고 한 얘기는 대체 뭐야? 얼버무리지 마, 제대로 전해지도록 설명한 거야? 넌 조회 시간 발표도 제대로 못하잖아. 네 말은 이해를 못 하겠다고. 무슨 말을 하는지 모르겠단 말이야! 알아들어?"

V계장의 목소리는 귀로 들어온 바닷물처럼 쓰가와의 뇌에 구석구석 퍼져 사고력을, 판단력을, 존엄성을 앗아갔다. 눈에 비친 V계장의 얼굴이 일그러지기 시작하더니, 미간의 주름 속에 뭉친 파운데이션만 쓰가와의 뇌리에 남았다. V계장은 팔짱을 끼고 쓰가와가 입을 열기를 기다렸다. 사마귀처럼. 악어처럼.

"죄송합니다. 앞으로 주의하겠습니다."

초점을 잃은 멍한 눈으로 쓰가와가 말했다. V계장은 한숨을 쉬더니 말없이 걸음을 돌려 제자리로 돌아갔다.

쓰가와는 장승처럼 선 채 고개를 떨구고 이대로 발밑부터 녹아 바닥에 빨려 들어가기를 바랐다. 물론 그런 일은 일어날 리가 없어, 부산스럽게 돌아다니거나 전화기에 대고 이야기하는 사무실 사람들 속에서 쓰가와 한 사람의 주변만 시간이 멈춘 듯했다. 웃는 사람이라도 있으면 차라리 나을 것 같았다. 참으로 모두들 무슨 일이 있었는지 일절 보지도 듣지도 못했다는 듯이 행동했다. 쓰가와는 혼자만 세상에서 떨어져 나온 것처럼 메아리치는 고함 속에 남겨졌다.

우뚝 선 채 영원에 가깝게 느껴지는 시간을 지나, 쓰가와는 천천히 숨을 들이마신 뒤 처리해야 할 서류를 분류하며 사무실 뒤쪽에 있는 복사기로 느릿느릿 걸어갔다. 시계를 확인하니 자신이 가만히 서 있었던 시간은 겨우 2분 정도였다. 스스로 생각하기에도 회복력이 뛰어난 모범적인 사원이라고 제 마음속에도 닿지 않는 소리로 빈정거렸다. 이런 일은 지금까지 몇 번이나 있었다. 오늘 일어난 일이 특별히 다른 점은 쓰가와의 무능함이 다른 회사에까지 새어나갔다는 것인데, 그것이 과연 직장이나 V계장에게 좋은 일인지 나쁜 일인지 판단하기 어려웠다. 조금이라도 태만하게 굴면 하청업체인 당신들도 이런 꼴을 당할 테니 조심하라는 뜻일까? 이 직장에서 경력 16년을 자랑하는 V계장에게는 아직 입사한 지열 달도 안 되는 쓰가와가 상상도 못 할 심오한 의도가 있는 걸까?

골똘히 그런 생각을 하며 복사를 하고 있는데 누가 쓰가와의 등을 살짝 두드렸다. 그저 그뿐인데 구원받은 듯한 기분이었다. 되도록 초조함을 씻어낸 평범한 표정으로 고개를 돌리자 디자인부 L선배가 서 있었다. 쓰가와는 아무래도 방금 전 있었던 일에 대한 언급을 피하고 싶어 비가 정말 많이 내리네요, 우산이 없는데, 하고 무난한 이야기를 입에 담았다. L선배는 그러네, 하고 동의하면서 쓰가와의 복사물 사이로 나온 자기 인쇄물을 손에 들었다. 그러고는 인쇄물을 확인하면서 천천히, 어딘가 동정 어린 눈으로 쓰가와를 바라보았다.

무슨 말로 부정할까. 쓰가와는 생각했다. 아니, 이 정도야 뭐. 전 아직 부족한 점이 많으니까요. 파견 다녀와서 그런가 봐요. 어쨌든 열심히 하겠습니다.

"V계장님은 쓰가와를 생각해서 저런 말을 하는 거야. 어떤 의미로는 눈에 들어 행복한 거야. 힘내."

L선배는 한 번 더 쓰가와의 등을 두드리며 제자리로 돌아 갔다.

부정하는 말을 입에 담지 않으려 해도, 애초에 나한테는 그런 기회조차 주어지지 않는다. 쓰가와는 깨달았다. 이제 와서 뭐. 쓰가와는 이마에 맺힌 차가운 땀을 손등으로 훔쳤다. 수분을 섭취한 지 얼마 되지도 않았는데 유난히 입 안이 바짝 탔다. 목구멍으로 삼킨 침은 씁쓸하고 묘하게 텁텁했다.

오전에 나가토가 오늘 점심을 같이 먹자는 문자를 보내왔다. 쓰가와는 항상 문화재로 지정된 건설회사 빌딩 1층 카페에서 그녀를 만난다. 안쪽 자리에서 손을 흔드는 나가토의 눈 밑은 늘 그렇듯 지독히 칙칙했다.

"아동복 회사에 다니는 친구가 태국에 봉제를 의뢰할 일이 있었대요. 간단한 영어로 팩스나 이메일을 주고받으면서 염

색해달라는 의미로 '플리즈 다이 잇'이라고 썼는데, 이 다이라는 게 DYE잖아요. 이걸 친구는 반년 가까이 DIE라고 써서보냈다지 뭐예요. '그걸 죽어주세요'라고 쓴 거죠."

쓰가와가 턱에 묻은 초코 크루아상의 초콜릿을 냅킨으로 닦으며 말을 이었다. 나가토는 고개를 비스듬히 숙이고 입을 가렸다.

"그런데 상대가 그 실수를 최근에야 지적했대요. 그 태국인하고 작업 외의 일로 대화한 건 그 한 번이 전부고, 이후에도 아무 일 없었다는 듯이 업무 관련 대화를 쭉 하고 있대요. 상대가 웃었다든지 이쪽이 망신을 당했다든지 하는 감정적인 이야기는 전혀 없이요. 하지만 인생이 그런 거 아니겠느냐고 하더군요. 황당한 실수를 저질러도 일은 계속해야만 하니까요. 머나먼 하늘 밑에서 바보 취급을 당하면서도 회사원은 일을 해야죠. 저도 본받고 싶다는 이야기예요. 아무리 힘겨워도 인류가 재해를 극복하는 거랑 어쩐지 비슷한 것 같더라고요. 그래서 마지막에 그렇게 덧붙였어요."

이해할 수 없다는 반응을 들은 조회 발표 내용에 대해 쓰가와가 설명을 마치자, 나가토는 유리잔에 남은 유자 껍질을 스푼으로 누르면서 흐음, 하고 고개를 끄덕였다.

"그 정도 비약은 우리 팀 후배한테는 일상인데."

나가토의 회사에는 오늘은 별자리 운세가 나쁘니 회사를 위해 하루 종일 아무 일도 하지 않겠다고 말한 신입사원이 있었다고 한다. 그러더니 그날은 정말 사무실을 거의 비웠어, 결국 한 달 만에 그만뒀지만, 하고 나가토는 마지막 즙을 짜낸 유자차를 마셨다.

"뭐랄까, 그 사람한테 야단맞을 때마다 매일 전철 안에서 불쾌한 일이라도 있었나, 거래처에서 죽도록 잔소리를 들었나, 하고 생각하려고 해요. 집안에 안 좋은 일이 있었다거나. 그럼 대체 몇 명이나 죽은 건지 그것도 문제지만."

사실 나가토에게 털어놓는다기보다 자신이 듣고 싶은 이야기를 떠드는 모양새였다.

"집안에 안 좋은 일이라고 하니 말인데, 그 사람 유산한 적 있다면서?"

나가토가 칠면조 샌드위치의 비닐 포장을 가늘게 접으며 고개를 들었다. 쓰가와는 저도 직접 들은 건 아니고 전해들은 거지만요, 하고 입을 비죽이며 작게 끄덕였다.

쓰가와 이외의 동료들은 V계장이 고래고래 소리를 지르며 후배들을 들볶는 까닭은 그녀가 더는 아이를 낳을 수 없는 몸이기 때문이라고 생각하는 경향이 있었다. 일에 인생을 바치려는 결의를 가슴에 품고 있다는 것이다. 유산된 아이의

아버지에 대해서는 V계장을 매몰차게 버렸다느니, 죽었다느니 하는 억측이 난무했다. 공통점은 모두의 머릿속에서 V계장에 관한 커다란 비극이 펼쳐지고 있다는 것이다. V계장은 입사 후 일정 기간을 버틴 자질 있는 여직원을 선발하듯 자신과의 식사 자리에 데려가 그 사연을 털어놓는다. 여러 사람들의 이야기를 종합해 쓰가와는 그런 결론을 유추해냈다. 그 통과의례를 거치지 않은 자신은 자질이 없다는 뜻이라고 쓰가와는 반쯤 체념한 상태로 생각했다. 소외감은 있었지만 반대로 아직 지문을 등록당하지 않은 듯한 기이한 안도감도 느꼈다.

"그 사실을 모두가 알아?"

"여직원은 아마 구 할 가까이. 모두 동정해요. 전 뭐랄까, 비주류니까. 지난주에 그 사람이 사내 만족도 앙케트를 돌렸는데 그 조사에서도 빠져 있었고."

여러분의 진심을 듣고 싶어. 불만이 있다면 내가 윗사람들에게 호소해줄게. V계장은 그렇게 당당하게 말했다.

"제가 제일 처음 모셨던 과장님한테, 한 번이라도 여직원들하고 진심으로 대화한 적이 있느냐고 V계장이 따진 적이 있대요. 이후로 V계장한테는 상사도 두려워하지 않고 말단 여직원들을 대표한다는 이미지가 생긴 거죠. 어쨌든 그 과장님은 제가 들어가고 두 달 후에 건강이 나빠져 그만뒀지만."

"그러는 계장이 쓰가와 씨하고 진심으로 대화한 적은 있어?"

"글쎄, 어떨까요." 나가토의 소박한 질문에 쓰가와는 소파에 몸을 묻고 머리 뒤로 깍지를 끼며 하품을 하고는 대답했다. "길게 얘기한 적은 있어요. 역 벤치에서 두 시간쯤. 제가지금 팀에 막 들어갔을 때, 어쨌든 열심히 일하려고 했을 때요. '내가 너한테 엄격하게 구는 건 네가 그래도 토라지지 않고 열심히 하는 걸 인정하기 때문이야. 가령 너보다 여성스러운 J 같은 애는 야단치면 분명 좌절할 거야. 그러니 아무 말도 안 해. 10년 넘게 일하다보면 눈에 보여. 후배를 어떻게 대하면 좋을지.' 말도 안 돼요. 저도 토라질 줄 알고 의욕도 쉽게 잃어요."

나가토는 얼음이 든 유리잔을 찰그랑거리며 그런데 다 큰어른들이 역 벤치에 앉아서 두 시간이나 얘기했어? 하고 고개를 갸웃거렸다. 쓰가와는 아마 그 정도, 하고 입을 비죽이며 고개를 끄덕였다.

"뭐, 무슨 일이 있으면 자기가 지켜주겠다는 소리는 했어요. 이 회사는 너구리에 여우만 많아서 모두들 여직원을 혹사시킬 생각밖에 안 한다면서."

지켜주고 자시고, 쓰가와가 당면한 문제는 V계장 본인의 들쭉날쭉한 태도라 그때는 그저 아무 말도 못 했다. 신규 대졸자를 대규모로 채용한 회사가 사원을 부려먹을 생각밖에 안 한다는 건 원래부터 알고 있었다. 그래도 쓰가와는 사회인으로서 경험을 쌓고 회사라는 집단이 얼마나 말단 사원을 희생시키는지 가늠한 뒤에, 그 정도가 보다 낮은 회사를 다시 골라도 상관없다고 생각했다. 취업 활동을 할 때 찾아간 합동 설명회에서 담당자는 아무 데나 상관없으니, 비굴한 영업 업무를 시키려고 아무나 뽑는 기업이라도 좋으니, 일단 들어가서 1년만 참으면 신규 대졸자보다는 낫다고 말했었다. 쓰가와는 그 말을 이따금 떠올렸다. 그렇지만 V계장은 회사의 톱니바퀴 중 하나로 점찍은 사원을 단련시키기 위해서가 아니라 보다 개인적인 이유로 아랫사람을 엄격히 대하는 것처럼 느껴졌다. 그래서 쓰가와는 이게 과연 사회 공부가 될까, 하고 의문스러울 때도 많았다.

"그 사람, 상사에 대한 불만을 유독 궁금해하잖아. 자기가 해결해주겠다고 나서서 아랫사람들의 신뢰를 얻고, 위를 올려다볼 때는 반드시 자기라는 필터를 통하도록 꾸미는 거야. 그러면 그 필터에 뭘 기록하든 그 사람 마음이잖아."

"그 사람이 뭘 해결한 적은 없어요. 그저 어쨌든 회의 때

소리치고 왔다고 전하는 게 다예요."

그렇게 해서 사원들을 더 혹사시키지 못하도록 보호막 역할은 할지도 모르지만, 하고 나가토는 테이블 위에서 팔짱을 끼고 고개를 숙였다.

"함께 일해보지 않은 사람 중에는 유산에 대한 이야기를 듣고는 계장이 내면에 비극을 끌어안은 채 업무 신조를 지키기 위해 윗선과 싸운다고 보는 사람도 있어요."

"그냥 그렇게 생각하고 싶은 거겠지."

천장을 올려다보며 나가토가 중얼거리자 뭔가 털이 잔뜩 난 차가운 것이 등을 훑고 간 기분이었다. 쓰가와는 그 감촉을 지우려고 고개를 살짝 흔들며 가벼운 화제를 찾았다.

"그러고 보니 그저께 선배들하고 계장이 회사 욕을 했는데, 우연히 제 자리 근처라 저한테도 일단 말을 걸더라고요. 뭐 바라는 게 있느냐고 묻기에 간식을 비치해주면 막차 시간까지 잔업 하겠다고 대답했더니, 그게 무슨 소리냐고 엄청 불쾌해하지 뭐예요. 그런 배려를 하는 회사가 있는 줄도 몰랐던 모양이에요."

"오늘 아침 찾아간 회사에는 있었어. 이 근처 도가노 타워 안에 있는 회사."

의약품 도매상 영업사원인 나가토는 최근 동기가 한 명 퇴사해 원래 맡고 있던 약국을 도는 일뿐 아니라 거래처에 비치된 약품을 점검하는 일까지 떠맡았다고 한다. 늘 휴게실 창문으로 건너다보기만 하던 도가노 타워의 내부 사정을 그곳에 거래처를 둔 나가토 덕분에 조금씩 알게 되었다. 최근 무가지에서는 소규모 카페만 입주해 있는 지하 1층의 미로 같은 구획이 화제가 되었다. 늘 가보고 싶었지만 퇴근 시간에는 녹초가 되어 타워에 들를 여유가 없고, 휴일에는 회사가 있는 전철역에 내리는 걸 상상도 해보지 않아 아직 한 번도 타워에 들어가본 적이 없었다. 그런 이야기를 하자 나가토가 나는 가봤는데, 라고 대답하기에 쓰가와는 좋겠다고 유난스럽게 부러워했다. 지나치게 부러워하는 바람에 나가토는 조금 민망했는지 자기가 타워 안에서 어느 회사를 도는지 설명하기 시작했다.

"고용환경촉진공단이라면 저 최종 면접까지 갔어요. 거기도 그렇게 이것저것 비치해두나요? 제길."

과자는 물론이고 아이스크림을 넣어둔 냉동고까지 있다고 나가토가 말해주자 쓰가와는 테이블을 두드리며 분통을 터뜨렸다. 최종 면접에서 떨어진 고용환경촉진공단이 타워 안으로 이전한 일은 알고 있었지만 그 정도로 복지 서비스가 좋다고 생각하니 새삼 관심이 갔다.

"마지막까지 가서 떨어졌어? 여자라서?"

"전근이 잦아도 괜찮으냐고 묻기에 멍청하게 힘들 것 같다고 곧이곧대로 대답했거든요."

왜 그런 대답을 했을까. 저도 밖에 나가서 일하고 싶어요, 영업직이라면 좋았을 텐데, 하고 나가토에게 투덜거리면서도 쓰가와는 그 일이 자기 적성에 맞지 않을뿐더러 힘든 일이라는 사실을 잘 알고 있었다. 나가토와 알고 지내면서 전보다 강하게 그 사실을 실감했다.

나가토는 자세히 말하지 않지만, 그 말끝에서 상당히 고된 일을 하고 있다는 게 느껴졌다. 담당 루트가 늘어난 것이 상사의 신뢰가 두텁기 때문이라고 해도, 그 상사가 나가토의 능력이나 순종적인 태도에 의존하는 것처럼 보일 때도 있었다. 나가토의 상사인 Z부장과는 딱 한 번 함께 점심을 먹은 적이 있다. 그때 그는 나가토는 일도 잘하고 요즘 젊은 친구치고는 보기 드물게 말귀도 잘 알아듣는 좋은 사원이라고 칭찬을 늘어놓았다. 상사와 잘 맞아 보이는 나가토였지만, 동기로 보이는 남자 동료들과 가게에서 마주쳤을 때는 다른 테이블에서 식사를 했다. 쓰가와 나가토가 앉은 자리 바로 뒤에 있던 그들은 사사건건 폭소를 터뜨렸다. 전날 갔던 유흥업소 이야기를 하는 듯했다. 그들과는 대조적으로 말없이 보리차를 마시던 나가토의 얼굴은 굳어 있었다. 지금 부서에서 종합직* 여성은 나가토 한 명뿐이라고 했다. 동기 중 가장 높은 직급인데, 술이 들어가면 그것을 빈정대는 사람들이 있어 회사 술자리에는 벌써 3년 가까이 참석하지 않았다고 했다.

동기도 후배도 너무 쉽게 그만둬. 그만두지 않는 사람은 요령만 부리고 아무도 도움이 안 돼. 나가토는 여자만 있는 직장에서 일하는 신세를 한탄하는 쓰가와를 달래며 말했다. 그후로 쓰가와는 내근이나 외근이나 괴롭기는 마찬가지라고 생각하게 되었지만, 그래도 나가토에게 상사하고 사이가 좋아 보이는 점은 부럽다고 하자 나가토는 어떻게 좀 안 되나 싶은 문제는 있다고 고개를 숙인 채 대답했다. 어떻게 좀이라니? 쓰가와가 되묻자 뭐, 어떻게 좀, 하고 나가토는 애매한 미소로 이야기를 얼버무렸다.

그날은 두 사람 다 주문한 음식을 일찌감치 먹어치워 점심시간은 아직 조금 남아 있었지만, 기다리는 손님들을 위해 자리에서 빨리 일어나 주변을 산책하기로 했다. 늘 건너는 다리보다 북쪽으로 하나 더 올라간 고속도로 밑 다리 위에서

---

* 회사 내에서 다양한 업무를 경험하며 장래 회사의 간부급으로 승진이 가능한 직위나 직무층. 정해진 업무만 담당하는 일반직과 구분된다.

노숙자로 보이는 노인이 문고본을 팔고 있었다. 나가토는 책을 한 권 사서 내용에 대해서는 아무 말도 하지 않고 가방에 넣었다. 언뜻 보인 살색 책등에는 영국 고전 소설의 제목이 적혀 있었다. 쓰가와는 어쨌든 이 주변은 이상하다고 생각하며 고개를 흔들었다. 다리 끝자락의 전봇대에는 지역 상점주 조합의 서명이 들어간 '무차별 폭행범 주의'라는 전단지가 붙어 있었다. 쓰가와는 하필 스트레스받는 회사원이 많은 이런 곳에서 일을 저지를 필요는 없잖아요, 하고 섭취한 칼로리만큼 버럭 화를 냈다. 나가토는 그러게, 하필 말이야, 하고 웃었다.

"이 자식 때문에 회사에서 제 아웃사이더 레벨이 2할은 올라갔어요."

쓰가와는 전단지를 뜯어내려다가 마음을 고쳐먹고 그대로 두었다. 무차별 폭행범이라는 적에 대한 주의 환기는 견제의 의미에서 중요하기 때문이다. 바람의 방향이 바뀌어 강물 냄새가 콧속으로 흘러들어왔다. 쓰가와는 얼굴을 일그러뜨리며 걸음을 멈추고 증오스럽다는 듯이 다리를 돌아보았다. 커다란 물줄기에서 갈라져 나와 다리 밑에 고인 작은 웅덩이는 가만히 멈춘 채 그저 회녹색으로 드러누워 악취를 머금고 있을 뿐이다. 쓰가와는 그 지형에 어쩐지 분노와 같은 감정마저 느끼면서 다시 회사로 돌아가기 위해 걸음을 뗐다. 고개를 살짝 들기만 해도 회사가 있는 빌딩 건너편의 도가노 타워가 눈에 들어왔다. 육각뿔 모양의 꼭대기가 흐린 하늘을 찌를 기세로 솟아 있다. 쓰가와의 회사가 있는 빌딩은 마치 그 시커먼 몸뚱이 속으로 들어가는 입구에 지나지 않는 듯했다.

"정말, 매일 업무 말고는 아무 일도 없어서." 나가토가 중얼거렸다. "무차별 폭행범이 날 습격하면 회사에 가지 않아도 될 텐데, 라는 생각을 해."

쓰가와는 나가토의 무거운 말을 견딜 수 없어 그 팔을 붙잡고 크게 흔들었다.

"이왕이면 좀 더 긍정적인 사건이 일어나길 꿈꿔봐요. 예를 들어 옷차림은 수수하지만 자세히 보면 그럭저럭 귀여운 남자가 전철에서 자리를 양보해준다거나."

쓰가와의 말에 그게 뭐야, 하고 말하면서 나가토는 조금은 마음이 가벼워진 것처럼 웃었다.


텔레비전을 켜놓은 채 소파에서 졸고 있을 때 첫 번째 연락이 왔다. 마지막으로 본 것이 분명 일기예보로, 태풍이 다가오고 있다고 했다. 다음 달분의 조판용 필름을 본사 공장에 제출하면 실질적인 업무는 끝이나 마찬가지라 V계장하고 더 말하지 않아도 된다고 완전히 마음을 놓고 있었다. 연락은 P선배의 전화로, 필름이 한 장 없다고 본사에서 전화가 왔는데 아는 바가 없느냐는 것이었다. 소금을 맞은 민달팽이처럼 대번에 졸음이 가시는 것을 느끼며 모르겠습니다, 하고 쓰가와는 대답했다. 휴대전화를 움켜쥔 채 망연자실해 있는데 V계장에게 전화가 왔다. 쓰가와는 이대로 휴대전화를 부러뜨리고 달아나고 싶은 저항하기 힘든 충동을 느꼈지만 죽음을 각오하는 기분으로 통화 버튼을 눌렀다.

그 후 30분 동안 생각만 해도 온몸이 싸늘해지는 욕설의 포화가 전파를 타고 쏟아졌다. 발가락 사이로 차가운 땀이 줄줄 흐르고 팔에는 소름이 돋았다. 쓰가와는 눈에 눈물을 머금으며 귀에 날아드는 한마디 한마디에 죄송하다고 덧붙였다.

죄송하다면 다야!

죄송합니다.

이렇게 되돌릴 수도 없는 짓을 하다니 어떻게 책임질 거야! 제대로 확인했어? 책임지고 제대로 확인한 거야? 엉? 말해봐, 월급 받는 만큼 일했어?

죄송합니다.

죄송하다는 말 말고 달리 할 말 없어?

……

뭐라고 말 좀 해봐!

드릴 말씀이 없습니다.

너 같은 건 그만둬야 하는데.

……

그만둬야 해. 그래, 그만두지? 그만둬야 해, 그만두라니까? 받는 돈만큼 일하지 않을 거면 그만두라니까?

……정말 드릴 말씀이 없습니다.

제대로 기능하는 감각은 청각뿐이었다. 쓰가와는 자기가 정말로 존재하는지조차 확신할 수 없었다.

무릎에 휴대전화를 떨어뜨리고서야 비로소 통화가 끝났음을 깨달았다. 쓰가와는 고개를 숙이고 손으로 이마를 짚었다가 서늘함에 놀라 몇 분쯤 그 자세 그대로 있었다. 천천히 몸을 일으켜 소파에서 내려와 컴퓨터 앞에 앉아 사직서를 쓰기 시작했다. 지금 할 수 있는 일은 숨 쉬는 것 다음으로 그것밖에 없는 듯했다.

이튿날 출근하면서 지하철에 탈 때 평소보다 더 승강장 틈새를 뚫어져라 보았다. 지금의 나는 저기 발끝을 들이미는 일도 제대로 못하지 않을까, 손잡이를 두 손으로 붙잡으며 쓰가와는 생각했다.

필름 분실 건은 상부에도 전해져 부장과 입구에서 마주치자마자 쓰가와와 P선배는 조회에 오지 말고 필름을 찾으라는 소리를 들었다. 라커룸을 그대로 지나쳐 코트도 벗지 않고 급히 자리로 가자 V계장이 버티고 있었다. 오늘 업무를 위해 메모를 붙여 책상 위에 꺼내놓았던 서류는 남김없이 옆쪽의 서류함에 처박혀 있었다.

"이렇게 너저분하니 잃어버리지."

쓰가와는 고개를 끄덕였다. 이미 자신의 모든 것이 잘못처럼 여겨졌다. 다음 날 일할 서류를 전날 정리해서, 거기에 할 일을 적은 메모를 붙여놓지 않으면 제대로 일을 처리하지 못하는 우둔함은 책망받아 마땅했다. 그러니 필름도 잃어버리는 것이다. 잃어버릴 일이 없는 물건도 잃어버리는 것이다.

시키는 대로 먼저 책상 주변을 찾았다. 책상 주변 물건 중 가장 큰 것이 A3 크기이고 찾는 물건은 B3 크기였지만 그런 건 아무 상관 없었다. 각자의 책상에서 필름을 보는 건 사내에서 금지된 일이라 해도, 그래서 설령 자기 자리에 필름을 가져온 기억이 전혀 없다 해도, 책상과 캐비닛 틈새에 필름을 빠뜨렸을 가능성은 충분히 있을 성싶었다. 그런 말도 안 되는 실수를 자신 같은 인간이라면 저지를 수도 있을 것 같았다. 잘 설명하는 수밖에, 라고 V계장이 P선배에게 하는 말이 들렸다. 위가 타는 듯이 아렸다.

다음으로 찾으라고 한 장소는 어제 필름을 확인한 회의용 책상 주변이었다. V계장은 위에 아무것도 없는 책상에 의자 네 개가 전부인 공간을 가리키며 필름을 찾으라고 했다. 쓰가와는 한눈에 봐도 아무것도 떨어져 있지 않은 그 장소에 쪼그려 앉아 파티션 틈새나 관엽식물 뒤를 찾기 시작했다. V계장의 고함 소리가 들렸다.

"그런 곳에 있을 리 없잖아!"

"죄송합니다."

쓰가와는 일어나서 고개를 숙였다. 이렇게 된 이상 이제 샅샅이 뒤지는 수밖에 없어, 하고 V계장은 쓰가와를 데리고 사무실 구석으로 성큼성큼 걸어갔다. 그러고는 쓰가와의 키보다 1.5배는 높은, 과거의 자료가 빼곡히 들어찬 책장을 가리키며 그 안에 있는 서류철을 하나하나 펼쳐서 확인하라고 했다. 서류철은 전부 B4 사이즈로 B3 크기의 필름이 그 안에 묻혀 있을 리 없다. 무엇보다 애초에 쓰가와는 그 책장을 건드린 적도 없지만, 어쨌든 그렇게 해서 이 자리를 면할 수 있다면 다행이다. 쓰가와는 받침대를 밟고 맨 윗단의 오른쪽 서류철을 잡았다. 하지만 받침대 위에 올라선 터라 손에 힘을 줄 수 없는 불안정한 상태라서, 빽빽이 들어찬 서류철 중

하나를 좀처럼 빼낼 수가 없었다. 쓰가와는 이마에 땀을 흘리며 V계장의 차가운 시선과 P선배의 멍한 표정을 시야에 담은 채 몇 번이고 몇 번이고 옆의 서류철을 밀어내 첫 번째 서류철을 뽑으려 했다. V계장과 P선배 말고도 동료들의 시선을 느꼈다. 이제 나는 중요한 필름을 잃어버린 것으로도 모자라 책장에서 서류철 하나 뽑지 못하는 무능한 인간으로 보이리라. 쓰가와는 절망했다.

거의 돌아가지 않는 머리를 흔들고 조금씩 밖으로 빠져나오기 시작한 서류철과 격투하면서 쓰가와는 필름이 왔을 때의 일을 떠올렸다. 배달부의 얼굴이 먼저 떠올랐다. 이것으로 이번 달 작업이 끝난다는 게 기뻐서 거듭 고개를 숙이며 필름이 든 봉투를 받아 옆구리에 끼고 회의용 책상에 앉았다. 사실은 필름을 한 장 한 장 확인하며 체크를 하는 용지가 있는데 P선배가 굳이 안 해도 된다고 한 데다 필름을 두고 자리를 비우기도 싫어, 쓰가와는 자기 책상으로 용지를 가지러 가지 않았다. 그 대신 꺼낸 필름을 보고 나면 바로 봉투에 넣기로 했다. 내용은 전날 하청업체에서 보내준 팩스로 이미 확인을 마쳤다. 담당이 되고 나서 겨우 두 번째로 하는 일이지만 어쨌든 처음보다는 순조롭게 진행되어 쓰가와는 기뻐했다. 필름 체크는 글자가 번진 곳이나 빠진 곳을 확인하고 표면에 잡티가 없는지 찾는, 한눈에 알 수 있는 단순 작업이라 10분 만에 끝났다. 문제는 전혀 없었다.

오늘 일정은 어떻게 되는 걸까. 쓰가와는 생각했다. 지면 작업은 끝났지만 사내 홈페이지에 올릴 HTML 데이터도 확인해야 한다. 모든 링크가 제대로 작동하는지 체크하는 것은 지루한 작업이었지만, 거래처를 직접 상대하는 일이라 영업 담당 V계장과 얽히지 않는 만큼 마음만은 편했다. 필름을 찾기 전에는 그 일을 못 하려나. 아니면 언젠가 해방되어 그 작업을 마친 뒤에 다시 필름을 찾아야 할까? 쓰가와는 멍하니 그런 생각을 하며 겨우 서류철을 꺼내 작업 책상 위에 올려놓고 선 채로 속을 뒤졌다. 앉아서는 안 될 것 같았다.

"정말, 잘 설명하는 수밖에." V계장은 팔짱을 끼고 내뱉듯 말했다. "이 일을 한 지 오래됐는데, 이런 일은 처음이야. 얘가 처음이라니까."

V계장이 P선배에게 턱짓으로 쓰가와를 가리키는 모습이 보였다. P선배는 저도 처음이에요, 하고 앵무새처럼 따라했다. 허리가 아파오기 시작했지만 쓰가와는 앉을 수가 없었다. 어디서 앉아? 넌 그럴 권리가 없어. 그런 말을 들을 생각을 하니 차마 앉을 수가 없었다.

어쨌든 오늘 하루 이 시간을 견디고 돌아갈 때 부장 책상에 사직서를 내러 가자. 그 생각만 하면서 쓰가와는 계속 서류철을 꺼내 뒤적였다. 점점 뭘 찾고 있는지, 어째서 이런 짓을 하는지 몽롱해졌다.

문득 아까부터 화장실에 가고 싶었다는 것이 떠올랐다. 여기서 실금이라도 했다간 그야말로 평생 망신감이다. 멋대로 자리를 뜨면 무슨 소리를 들을지 몰라 쓰가와는 결심을 굳히고 받침대에서 내려와 단번에 알아들을 수 있도록 큰 목소리로 V계장에게 말했다.

"화장실에 다녀오겠습니다."

P선배와 뭔가 이야기하던 V계장은 쓰가와를 힐끗 쳐다보았을 뿐 다시 하던 이야기로 돌아갔다. 쓰가와는 그럼 다녀오겠습니다, 하고 묘하게 또랑또랑한 목소리로 거듭 말하고 사무실 문을 열고 복도로 나갔다. 볼일을 본 뒤에도 변기에 들러붙은 것처럼 한참 일어날 수가 없었다. 대체 지금까지 나는 뭘 하고 있었던 걸까 생각하고, 애당초 어째서 이런 일이 벌어졌는지 생각하고, 이런 일이 벌어졌는데 어째서 그런 일을 하고 있는지 생각했다. 서류철을 뒤지는 자신의 등 뒤로 때때로 느껴지는 동료들의 시선이 못 견디게 비참했다. 동정하는 듯한, 하지만 자기가 아니라 다행이라고 말하고 싶은 듯한. 모든 눈길은 똑같이, 안됐지만 잘못한 건 너야, 라는

충고를 담고 있는 것 같았다.

아직 오전인데도 출근한 뒤 일어난 일이 차례로 뇌리에 되살아나 쓰가와는 머리를 싸맸다. 하지만 이러고 있다가는 또 고함 소리나 들을 뿐이다. 마음을 가다듬고 화장실 칸막이에 손을 대고 일어섰다.

다시 V계장과 P선배의 감시 속에서 끝없이 이어질 필름 수색을 견디기 위해, 적어도 뭔가 부적이 될 만한 것이 필요하다고 생각한 쓰가와는 라커룸에 들러 가방 주머니에 넣어둔 사직서를 꺼내 물끄러미 바라보았다. 사직 이유는 일신상의 문제라고만 썼다. 어차피 제출하면 몇 차례나 정신이 아득해질 만큼 면담을 거치고 몇 번이나 똑같은 설명을 하게 될 테니 구체적인 이유를 문서로 남길 필요는 없을 듯했다. 밤새 고민한 끝에 표면상의 이유는 조부모 간호로 하자고 마음먹었다.

잠시나마 V계장의 자장에서 벗어나니 그곳으로 다시 돌아가기가 너무 힘겨웠다. 쓰가와는 긴 의자에 앉아 사표를 바라보며 전생에 나쁜 짓을 해서 지금 이 회사에 들어온 거라는 생각에 사로잡혔다.

입사해서 죄송합니다. 애초에 입사 시험을 본 게 잘못이었습니다. 제대로 공부하지도 않고 이 업계를 희망해서 잘못했습니다. 각오가 부족했습니다.

무릎 위에 팔을 얹고 얼굴을 묻은 채 이대로 사라지고 싶다는 생각에 빠져 있던 쓰가와는 이윽고 손잡이가 돌아가는 소리에 사직서를 뒷주머니에 쑤셔 넣고 일어섰다.

입가에 실실 웃음을 머금은 V계장이 얼굴 근처로 손을 들어 작게 손짓했다. 하지만 쓰가와는 도저히 그쪽으로 걸음을 내디딜 수가 없어 우뚝 선 채로 그 모습을 응시했다. V계장은 무슨 말을 하려고 입을 벙긋거리더니 휴대전화가 울리자 전화를 받았다.

"아유, C도 참, 그러면 안 되지. 지금 쓰가와 얼굴, 사진 찍어서 보여주고 싶네. 백짓장이야. 아유, 우스워라. 응응, 그럼 태풍도 다가오고 있다니 조심해. 안녕!"

C는 필름을 가지고 돌아간 본사 영업사원의 이름이었다. 쓰가와는 통화 내용이 무슨 뜻인지 짐작도 할 수 없었다. 입을 벌리고 눈썹을 찌푸린 채 V계장의 어깨 너머 벽을 바라보고 있자니 V계장이 후, 하고 가벼운 한숨을 쉬며 요란하게 어깨를 움츠렸다.

"이번 일은 결국 C하고 본사에서 착각한 게 원인이었어. 63페이지로 끝인데 C가 설명서에 65페이지인 것처럼 써놔서."

V계장은 엄청 긴장했네, 하고 기지개를 폈다. 쓰가와는 그 모습을 눈으로 좇으며 발밑이 무너져 내리는 듯한 감각에 사로잡혔다. 열려 있는 문으로 P선배가 들어오자 V계장은 정말, 저 얼굴 좀 봐, 하고 쓰가와를 손가락질하며 웃었다. P선배는 감정 없는 얼굴로 쓰가와를 바라보고 V계장 옆에 앉았다.

이 어색한 시간을 때울 뭔가를 찾으려 쓰가와는 로커를 열고 일단 코트에 붙은 머플러의 실오라기를 뗐다.

"뭐, 하지만 너도 잘못했어. 도착한 필름을 체크하는 리스트가 있잖아. 그걸 제대로 안 쓰니 그렇지."

그 말에 쓰가와는 반사적으로 오른쪽으로 돌아 죄송합니다, 하고 고개를 숙였다. 어차피 그 리스트를 남겨놓았어도 분명 엉터리로 체크했다고 우겼을 거면서. 딱히 체크리스트는 작성하지 않아도 된다고 했던 P선배는 아무 말도 하지 않았다.

결국 의혹은 풀려 끝이 보이지 않는 필름 수색에서 해방되었지만, 쓰가와의 기분은 도통 가벼워질 기미가 없었다. 가벼워지기는커녕 더욱 절망적인 감정이 위장에 퍼져나갔다.

고개를 숙이고 라커룸에서 나와 거래처 서버와 연결된 컴퓨터가 있는 한적한 자리에서 사내 홈페이지의 링크 확인 작업을 하고 있자니 V계장이 또 다가와서 이번에는 그다지 달콤하지 않은, 가시 돋친 목소리로 말했다.

"너, 그만둘 생각은 아니겠지?"

뒷주머니에 넣은 사직서를 들켰나 싶어 쓰가와는 고개를 가로로도 세로로도 젓지 않고 그저 푹 숙인 채 고민했다.

"우리 회사, 일손이 부족한 건 알지?" V계장이 허리를 굽혀 쓰가와의 얼굴을 들여다보았다. 쓰가와는 고개도 돌리지 못하고 눈동자만 빙글 돌렸다. "이상한 생각 마. 이 정도 일로 감히 그만두기만 해봐."

쓰가와는 오로지 시야에 들어온 V계장의 얼굴에서 해방되고 싶은 마음에 작게 고개를 끄덕였다. V계장은 만족스러운 기색으로 얼굴을 떼고 앞으로도 힘을 합해 일하자며 쓰가와의 어깨를 두드렸다. 소름이 두 팔을 뒤덮었다.

링크 확인 작업이 끝나 빌딩 휴게실로 올라간 후에도 소름은 사라질 줄 몰랐다. 평소처럼 자동판매기 그늘에 숨어 창밖을 보는 듯 마는 듯 멍하니 있으려니 흡연 구역에서 P선배와 Q선배의 목소리가 들렸다. 귀를 기울이려 해도 제대로 집중을 할 수 없었다. 요란한 웃음소리만이 귀에 들어왔다.

태풍 직전의 공기는 묘하게 맑아서 도가노 타워 내부가 평소보다 잘 보였다. 실눈을 뜨고 타워 안에서 일하는 사람들을 관찰하는 사이, 이윽고 창문에서 가장 잘 보이는 사무실의 인물을 눈으로 좇게 되었다. 층수로 보아 고용환경촉진공단이 빌린 사무실이 틀림없었다. 벽면 가득히 복사기가 설치된 작은 공간에서 늘씬한 쇼트커트의 여성이 척척 복사를 하고 있었다. 저 사람은 유능하겠지. 적어도 나보다는. P선배와 Q선배가 또 폭소를 터뜨렸다.

나는 저렇게 당당한 자세로 일하고 있을까. 시험 삼아 양쪽 발뒤꿈치를 바닥에 딱 붙이고 등을 펴보았지만 뒷주머니에 부적처럼 넣은 사표가 등에 걸릴 뿐이었다. 쓰가와는 봉투를 꺼내 두 손에 들고 눈물로 시야가 흐려질 때까지 눈 한 번 깜빡이지 않고 응시했다. 눈을 문지르며 다시 창밖으로 시선을 돌리자 쇼트커트의 여성은 사무실 중앙에 있는 작업대 위의 재단기로 열심히 뭔가를 잘라내고 있었다. 집중해서 보니 그녀는 쓰가와와 거의 비슷한 나이로 보였다. 적어도 나가토보다는 연하일 듯했다. 그녀는 몇십 부나 되는 자료를 커다란 스테이플러로 찍어 날렵하게 모서리를 맞추더니 사무실에서 나갔다.

쓰가와는 소매로 눈가를 훔치며 사표를 움켜쥐었다. 사표를 부장의 책상 위로 내미는 장면을 몇 번이고 상상했지만 아무래도 그 장면의 세세한 부분과 앞뒤 장면은 흐릿해서,

전부 마음속에서 일어나는 일에 지나지 않는다고 운명이 비웃는 듯한 기분이었다.

보너스만 받으면 그만두려고 손꼽아 기다리는 신입사원들밖에 없다고 머리를 싸매는 나가토에게 사표를 썼다는 이야기를 하기는 거북했다. 그저께 점심을 함께 먹은 Z부장은 그 직원들이 그만둬도 그만큼 나가토 씨가 일을 해줄 테니 괜찮아요, 라며 낙관적인 소리를 했다. 나가토는 그렇게는 안 해요, 라고 어두운 동굴 같은 눈으로 웃었다. 그런 상황인데도 나가토는 쓰가와에게 자기 일은 신경 쓰지 말고 고민이 있으면 말해보라고 했다.

"모두 다정해진 것 같아요." 쓰가와는 잇새에 낀 씁쓸한 찌꺼기를 핥는 표정으로 말을 이었다. "말끝마다 기죽지 마, 이런 일로 그만두면 안 돼, 라고 해요."

떠올리기만 해도 소름이 끼쳤다. 어깨나 등을 다정하게 토닥여주는 행동, 동정 어린 시선 뒤에 따라오는 밝은 말투. 모든 동료의 반응이 도장을 찍은 것처럼 똑같았다. 회식에 불려가는 횟수가 묘하게 늘어난 것 같다. 쓰가와는 점심때 꼭밖에 나가던데 어디 좋은 가게라도 알아? 이제 와서 그런 질문을 한다. 지금까지 아무도 관심을 보이지 않았으면서. 그

런 와중에 P선배만은 마치 아무 일도 없었던 양 행동했다. V
계장은 처음에는 괜한 불똥을 맞았네, 정말이지 C도 참, 하
고 사사건건 쓰가와에게 필름 분실에 대한 화제를 던졌지만
눈도 마주치지 않고 일그러진 미소를 지을 뿐인 쓰가와의 태
도에 성이 차지 않는지 서서히 예전의 고압적인 태도로 돌아
갔다. 전보다 더 간섭이 심해진 V계장은 다른 동료와 마찬가
지로 말끝마다 그 정도 일은 흔해, 그만두겠다는 말도 안 되
는 생각은 마, 하고 쓰가와를 겁주었다. 그럴 때마다 쓰가와
는 마음 끝자락이 썩어서 떨어져 내리는 듯해 너무나 무서웠
다. '그 정도 일'은 언제 다시 있을지 모른다. 작은 월간 출판
물 때문에 생긴 일이기에 더 두려웠다. 앞으로 몇 달 후에는
커다란 종합 카탈로그 업무가 들어온다. 그때 또 그런 일이
벌어지면 어쩌나 생각하니 이마와 등의 땀샘에서 갑자기 땀
이 솟구쳤다. 그때는 분명 이 정도로 끝나지 않으리라. 너무
나 우울한 상상이었다. 자기 장례식을 상상하는 게 차라리 나
았다.

  업무 자체로 혹사당하는 일은 아무렇지도 않았다. 회사가
그런 곳이라는 것은 늘 각오하고 있으니까. 하지만 억울한
누명을 쓰고, 의혹이 풀린 뒤에도 거기서 쌓인 울분을 어디
에도 풀 수 없다는 게 견디기 어려웠다. 쓰가와가 한마디도

하지 못하도록 미리 프로그램된 듯한 상황은 쓰가와의 의욕을 떨어뜨리기에 충분했다. 동료들은 애정을 담은 손짓이나 기운 내라는 말로 그 프로그램을 실행했다. 그런 일이 앞으로 몇 번이나 반복되리라 생각하니 쓰가와는 잠자코 앉아 있기조차 힘들었다.

"차라리 죽여버리고 싶어요." 쓰가와는 팔짱을 끼고 그 사이에 얼굴을 묻고는 떨리는 목소리로 말했다. "하지만 이런 일로 감옥에 가긴 싫어."

쓰가와는 마치 초등학생 같은 논법이라고 생각했다.

그렇다면 내가 죽는 시늉을 하면 된다, 라는 이야기로 발전시키는 데 그리 시간이 오래 걸리지 않았다. 쓰가와의 내구력을 V계장이 과대평가하는 게 문제라면 그런 힘이 없음을 증명하면 그만이었다. 쓰가와는 테이블 밑으로 다리를 벌려 쭉 뻗고 컵을 배 위에 얹은 채로 눈을 감고 딱히 누구에게랄 것도 없이 혼자 계획을 떠들기 시작했다. 나가토는 그저 고개를 끄덕이며 듣고 있었다. 테라스 밖의 공기는 이 시기치고는 조금 따뜻해, 계절을 잘못 찾은 태풍을 가만히 기다리는 듯했다.

계획은 간단했다. V계장에게 야단을 맞아 누가 봐도 뚜렷한 이유가 생기는 날에, 나가토가 외근을 마치고 돌아오는 시간에 맞춰 쓰가와가 일을 저지르고, 나가토가 목격자인 척 쓰가와의 '정신적 쇠약에 의한 자살'을 미수에 그치도록 저지하면 된다.

그날은 가방을 발밑에 두고 일을 한다는 이유로 혼났다. 라커룸이 왜 있는지 몰라? 그런 데 놓으면 발에 걸려 일이 안 되잖아. 일도 안 하지만, 너는. 일도 안 한다고. 쓰가와는 고개를 숙이고 그런 소리를 들으며 자기 안에 있는 타인이 표적이 된 듯한 감각을 맛보았다. 전에도 비난받을 때 현실감을 잃은 적은 종종 있었지만 그날은 마치 하나의 작품 속에 자신이 존재하는 것 같았다.

당신은 이 망상 속에 사는 어처구니없는 몽상가야. 정말 놀라워.

"뭐야, 그 눈빛은?"

"죄송합니다."

졸려, 집에 가고 싶다, 그런 말이 회사 다니기 전 쓰가와의 입버릇이었다면 지금 쓰가와의 입버릇 랭킹 1위를 독주하는 말은 '죄송합니다'였다.

하지만 그것도 이제 끝이다. 쓰가와는 큰 걸음으로 책상에서 멀어져가는 V계장의 마른 등을 지켜보았다. 내일부터 이런 곳에는 다시 오지 않을 테다. 절대 오지 않을 거야.

퇴근 시각이 지났다. 아직 일은 조금 남아 있었지만 음료수 좀 사오겠습니다, 하고 P선배에게 말한 뒤 쓰가와는 회사를 나섰다. 그래, 하고 P선배는 고개도 들지 않고 누가 그 말을 했어도 알 바 아니라는 태도로 대답했다. 이 사람의 이런 쌀쌀맞은 태도와도 이제 안녕이다.

계절을 잘못 찾은 태풍이 갑자기 맹위를 떨치기 시작했다. 우산을 낮게 쓰고 손잡이를 가슴에 꼭 붙이고는 재킷 앞섶을 여몄다. 니트 모자를 눈썹까지 내려 비를 피하며 쓰가와는 다리를 건너 강변 공원으로 내려갔다. 돌연 다리 끝에 있던 무차별 폭행범 주의 간판이 생각나 주위를 살짝 두리번거렸다.

어디까지나 쓰가와의 감에 지나지 않았지만, 이런 밤에는 폭행범의 마음속에도 뭔가 들끓지 싶었다. 쓰가와 역시 가슴이 답답할 정도로 감정이 고조되고 있었다. 나는 정말 지금까지 무엇 하나 거스르지 않았어. 그런 분노가 가슴속에서 고개를 들었다. 이따금 몰래 근처 빌딩을 들여다보는 정도였다. 잔업수당을 속이지도 않았다. 사내에서는 누구의 험담도 한 적이 없다. 대표이사와 불륜 관계라고 동료들 사이에서 평판이 나쁜 연하의 여직원에게 설교를 들어도 겸허한 마음으로 받아들였다. 그녀는 몹시 독살스러웠지만 무턱대고 사람에게 고함을 지르지는 않았으므로. 동료들이 모인 회식에서 그녀에 대한 이야기가 도마 위에 오르면 뼈조차 추스르지 못할 정도로 온갖 소리가 다 나왔다. 하지만 누구도, 누구 하나, 어느 구석 자리에서도 V계장을 나쁘게 말하는 사람은 없었다.

어째서 이런 생각이 떠올랐는지 모르겠다. 강물에서 풍기는 악취에 쓰가와는 얼굴을 찌푸렸다. 나가토를 찾으려고 고개를 들자 알아보기 쉽게 쓰고 있기로 약속했던 오렌지색 우산이 눈에 들어와 쓰가와는 안심하고 한숨을 토해냈다.

허리까지만 들어가면 돼. 셔츠에 진흙물이 들 만큼만.

쓰가와는 두 손으로 철책을 움켜쥐고 허리를 숙였다.

허리까지라니. 그러고 보니 여기 깊이가 얼마나 되더라?

쓰가와는 침을 꼴깍 삼키고 소용돌이치는 회녹색 강물을 굽어보았다. 물속으로 이어진 콘크리트 계단에는 더러운 물거품이 잔뜩 끼어 있었다. 계단 출입구는 쓰가와의 명치까지 오는 철문으로 막혀 있었지만 전에 실험해보니 뛰어넘지 못할 정도는 아니었다. 쓰가와는 고가 도로의 그림자와 어두운 밤의 경계선이 탁류 위에서 뒤섞이는 광경을 응시하며, 그 나락 같은 칠흑에 기가 죽어 고개를 들었다. 고속도로 저편에 도가노 타워의 날카로운 실루엣이 비쳤다. 뭔가를 닮았다고 한참 생각하다가 어렸을 때 자주 했던 롤플레잉게임의 오프닝 화면에 비슷한 장면이 있었다는 사실을 기억해내고 가만히 미소를 머금었다. 이대로 만약 강에 빠져서 정말로 죽어버린다면 이제 저 타워에는 영원히 못 가보겠구나. 지금 타워 안 각각의 카페에서는 천 엔 이상 쓰면 엽서를 한 장씩 나눠주고, 그 엽서를 여섯 장 모아 오면 타워에 입주한 양복 가게와 공동 제작한 엽서첩과 에코백을 주는 이벤트를 열고 있다. 지난주 역에서 집어온 무가지에 실물 이미지가 실려 있었다. 엽서첩과 에코백은 각각 분홍색과 황록색 두 가지가 있어 마음대로 고를 수 있다고 한다. 쓰가와는 도가노 타워를 올려다보며 이유 없이 그 생각만 계속 했다.

문득 전에 본 여성은 엽서첩과 에코백을 받았을까 궁금해졌다. 어떨까? 그런 일에 관심이 없다고 해도 수긍이 가는 당당해 보이는 사람이었다. 아아, 그래도 역시 여자는 여자니까.

일이 잘 풀려 자택 요양으로 끝나면 타워에 가야지. 하지만 하루에 카페를 여섯 군데나 돌 수는 없으니, 분명 몇 번으로 나누어 가야 하겠지. 이 주변에서 어슬렁거리다가 회사 사람들에게 들키면 그야말로 끝장이다. 이벤트 기간은 이번 주말까지다. 가망이 없다.

타워를 올려다보며 끝없이 그런 생각을 하고 있는데 휴대전화에 문자가 왔다. 나가토였다. 다른 날에 할까? 그 문자에 쓰가와는 현실로 돌아왔다. 철책을 붙잡고 강을 바라보며, 하다못해 깊이만이라도 미리 조사할걸 그랬다고 후회했다. 그대로 물살에 휩쓸려 죽어버리기는 싫다고 생각하는 자신이 싫었다.

오늘은 그만둘게요. 쓰가와는 코트로 휴대전화를 덮어 비바람을 막으며 문자를 입력했다.

자포자기조차 철저하지 못하다. 강에 들어가지 않기로 하니 등 뒤가 괜히 서늘했다. 뒤에서 무차별 폭행범이 웃고 있을지도 몰라. 쓰가와는 몸을 부르르 떨며 철책에서 손을 떼고 두 손으로 우산을 움켜쥔 채 바람을 거스르듯 걸음을 뗐다.

이러니까 그런 누명을 쓰는 거야. 다들 누명을 씌워도 된다고 생각하는 거야.

쓰가와는 반쯤 망연히 고가 도로 저편을 올려다보며 강가에서 인도로 돌아가는 계단을 디뎠다. 미끄러지지 않도록 조심했지만, 그래도 굴러떨어질 것 같은 예감이 가슴을 쥐어뜯었다.


연말에 접어들자 쓰가와의 회사에도 마침내 무차별 폭행범과 맞닥뜨렸다는 사람이 나왔다. 쓰가와가 속한 부서의 부장은 아무나 붙잡고 침을 튀겨가며 자신의 공포 체험을 떠들어 대면서도 한편으로는 석연치 않은 구석이 있는 듯했다.

"납 파이프를 치켜든 다음 내리칠 때까지 시간이 굉장히 오래 걸렸어."

귀를 기울이는 사람이 모두 사라지자 부장은 근처에서 근무표를 입력하던 쓰가와에게 벌써 몇 번째인지 모를 소리를 반복했다. 놀라셨겠어요, 하고 대답하는 쓰가와에게 놀랐지, 라며 부장은 팔짱을 끼고 고개를 갸웃거렸다.

"뭐라고 해야 하나. 그놈이 파이프를 치켜드는 모양새가 너무 빨라서 한심한 일이지만 다리가 움츠러들고 말았어." 부장은 일손을 멈추고 창밖을 내다보았다. 부장의 시선 끝에는 분명 다리 끝에 세워둔 무차별 폭행범 주의 간판이 있을 것이다. "퍼뜩 끝장났다, 하고 생각했는데 그렇게 느낀 시간이 정말 길었어. 나하고 그놈 사이에 흐르는 시간이 주위 시간보다 느린 것 같았지."

똑같은 내용을 거듭할 때마다 부장의 표현에는 묘한 세련미가 가미되었다.

"처음부터 때릴 마음이 없었던 게 아닐까요?"

쓰가와는 고개를 들고 입을 비죽거렸다. 부장은 모니터 너머로 쓰가와를 보며 집게손가락을 치켜들더니 그래, 바로 그

거야, 하고 몇 번이나 고개를 끄덕였다.

"살의가 없다면 어째서 그런 짓을 한다고 생각해?"

"글쎄요. 취미 아닐까요? 단순히 자기가 나쁜 짓을 저지르는 상황에 감흥을 느끼는 것 아니겠어요?"

그렇다면 무슨 마음인지 알 것 같다. 거래처 기밀서류를 일부러 전철 안에 두고 내리고 싶은 욕망에 사로잡힌 적이 있는 쓰가와는 생각했다.

"그렇지. 하지만 때려도 그만이라는 느낌도 받았어. 때려도 그만, 때리지 않아도 그만이라면 때리고 싶다는 느낌."

"그거 명백한 살의인데요."

"그렇다니까. 그래서 나도 무서웠어."

부장은 어깨를 움츠렸다.

"실제로 노리는 사람이 있는 걸까요? 하다못해 위협이라도 하고 싶은 사람이. 마구잡이로 덮치는 건 시늉이고."

"그럴지도 몰라. 가령 나하고 비슷한 연배의 사람이라거나. 아래층 일본특수공법신문사 말이야. 공사 관련 업계지를 내는 그곳 지부장도 습격당했다더군." 쓰가와는 입을 벌리고 고개를 끄덕였다. 자신과 나가토처럼 같은 빌딩 안에 있는 다른 회사 사람과 부장이 대화를 나눈다는 사실에 놀랐다. "그 지부장이 그러는데 비슷한 연배의 다른 회사 사람도 당했다는 거야. 아아, 위층 의약품 도매상 어스 드러그 직원인데 그 사람도 부장이라나."

쓰가와는 머릿속에 문득 나가토의 유능함을 자랑하던 Z부장이 떠올라 숨을 삼켰다. 우리처럼 오랜 세월 성실하게 일한 사람이 표적이 되다니 개탄스러운 일이야, 하고 고개를 젓는 부장의 모습을 멍하니 바라보며 일단 마우스를 빙글빙글 움직여 일을 하는 척했다.

며칠 전 강에 들어가지 못한 후로 쓰가와의 내면에서는 전보다 더 초조함이 꿈틀거렸다. 일단 발은 회사로 향했고 해야 할 일을 처리하는 정도의 의식은 있었다. 그렇지만 조금이라도 정신을 놓으면 멍해지기 일쑤였고, 집에 돌아가서도 회사에 대한 생각만 하면서 마음 편할 때가 없었다. 특히 잠들기 전이 심했다. 지금까지 있었던 일, 그것을 극복한 다음 닥칠 일에 대한 불안이 고개를 들어 전기담요 속에 있는데도 몸이 덜덜 떨렸다.

V계장의 견제 방법도 변했다. 쓰가와를 대하는 태도는 비교적 온건해졌지만 그만두지 말라는 말보다 더 맥 빠지는 말을 내뱉기 시작했다.

할 마음이 없으면 그만둬도 돼.

쓰가와보다 몇 센티미터는 더 큰 키에 힐까지 신고 높은 곳에서 쓰가와를 굽어보며 그렇게 말하는 것이었다.

하지만 너 같은 건 다른 데선 절대로 못 버텨, 절대로.

그 말은 저주나 다름없었다. 집으로 가는 전철 안에서 손잡이를 붙잡고 있어도, 저녁을 먹고 있어도, 텔레비전을 보고 있어도, 머리를 감고 있어도, 이를 닦고 있어도, 이불을 머리끝까지 끌어올려도 그 말은 가차 없이 쓰가와를 공격했다. 그렇게 회사에서 탈출하고 싶다는 소망은 점점 사그라들었다. 애초에 적응하지 못하는 자신이 잘못한 건지도 모른다. V계장이 하는 말은 사회인으로서 타당한 소리고 그녀의 생각대로 움직이지 못하는 자신이 무능한 건지도 모른다. 실제로 P선배는 V계장과 잘 지내지 않나. 쓰가와는 그런 생각에 빠져들었다. 그리고 이 생각은 쓰가와를 또다시 정시 기상과 출근길로 몰아세웠다.

낙오의 끝에는 더욱 큰 낙오가 기다리고 있다. 늘 그런 생각이 쓰가와의 머릿속을 짓눌렀다. 만일 어떤 요행으로 지금 하는 일을 그만둘 수 있다 해도 쓰가와는 바로 재취업할 생각이었다. 생활도 달려 있고, 그 이상으로 지금 회사에서 겪은 일을 만회해서 자신이 제대로 일할 수 있다는 사실을 스스로에게 증명하고 싶었다. 하지만 V계장의 말에는 쓰가와의 생각을 추월해 그 길을 막아서서 되돌아가게 만드는 힘이 있었다. 대체 언제부터 난 V계장에게 그런 힘을 주고 말았을까, 쓰가와는 떠올려보려 했지만 머리가 제대로 돌아가지 않았다. 그와는 달리 V계장에 대한 분노는 돌발적으로 쓰가와를 덮쳤다.

한 달에 절반은 열시 넘어 퇴근하니까 모인 돈이 어마어마해. 주말에도 힘들어서 집에서 안 나가니까.

점심시간에 V계장이 그렇게 큰소리로 떠드는 말을 들은 적이 있다. 몹시 자랑스러운 기색이었다. 아무리 힘들어도 토요일에는 집 밖으로 나가는 쓰가와는 이상하리만치 그 말이 불쾌했다.

당신 같은 사람은 함께 다닐 친구도 없겠지.

일과 상관없는 사안에 대한 반발이라고는 해도 내면에 그토록 통렬하게 V계장을 부정하는 마음이 솟구치다니 무척 이상한 기분이었다. 전에 나가토도 비슷한 소리를 했지만, V계장이 휴일에 외출하지 않는 이유와 나가토의 이유는 다를 듯했다.

2월부터 또 중요한 작업이 들어온다고 해서 매달 하는 업무 외에도 그 사전 준비에 여념이 없었다. 그러는 동안 틈틈이 숨을 돌리기 위해 쓰가와는 도가노 타워를 더 열심히 감시하게 되었다. 휴게실 창문으로 내다볼 수 있는 범위의 사무실에 어떤 사람들이 있고, 어떤 일을 하는지 대강 보이기 시작했다. 어디서 섹스를 하는 사람이라도 있지 않을까 하고 비열한 호기심에 사로잡혀 눈에 힘을 줄 때도 있었지만 그런 현장을 목격하는 일은 당연히 없었다. 기본적으로는 다들 업무에 쫓기며 성실하게 일하는 것처럼 보였다. 이따금 퇴근 시간 후에 휴게실로 가서 타워를 엿볼 때도 있었다. 아무리 늦은 시간이라도 어딘가는 불이 환하게 켜져 있어 창문 너머로 머리를 싸매거나 모니터를 보거나 동료와 담소를 나누는 사람들의 모습이 보였다. 맞은편 빌딩에서 일하는 사람들을 바라보며 쓰가와는 스스로도 이상할 정도로 그들에게 공감을 느꼈다. 멀리 떨어져 있어 아무 해도 끼치지 않는 사람들이기에 그렇게 생각한다는 걸 알면서도, 자동판매기에서 뽑은 코코아를 마시면서 마치 텔레비전 화면을 보는 것처럼 그들을 바라볼 때 느끼는 기묘한 안도감에 대해서는 설명할 수가 없었다.

도가노 타워를 바라보며 쓰가와는 종종 내가 다른 데서 버틸 수 없을 거라던 V계장의 말은 정말일까, 하고 생각했다. 이곳에서, 벽과 공기, 창문으로 나뉜 이곳에서 내가 지켜보는 저 사람들도 막상 나와 얽히면 눈썹을 찌푸리며 나를 무능한 인간이라고 생각할까?

대답은 그때그때 달랐다. 자료를 보며 모니터 앞에 앉아 유
난히 어깨를 돌리거나 눈을 주무르며 일하는 사람을 보면 자
신이 도와줄 수 있겠다는 생각이 들었고, 휴대전화를 귀에
대고 유리창에 이마를 찧는 사람을 보면 자신은 저 사람을
짜증나게 만들지도 모르겠다는 생각이 들었다.

　남의 회사를 이래저래 상상해보는 건 대체적으로 흥미로
운 행위였다. 개중에서도 쓰가와는 최종 면접에서 떨어진 고
용환경촉진공단에 대한 상상에 시간을 많이 할애했다. 그것
은 원망보다 선망에 가까운 감정이었다. 어쨌든 다음에 어딘
가에서 면접을 볼 때 전근이 잦아도 괜찮은지 묻는다면 몸을
불쑥 내밀고 괜찮습니다! 라고 말하겠다는 교훈을 얻었다.
그 이름, 그녀를 지금 상황에서 구해내줄 것만 같은 회사명
도 어쩐지 매력적이었다. 쓰가와는 몇 번이나 취업 활동 때
쓴 자료를 꺼내 고용환경촉진공단에 상담 전화를 걸어볼까
생각했지만 인터넷으로 조사해보니 공단의 상담 전화는 확
실히 이야기를 들어주기는 하지만 마지막에는 일단 참아라,
본인에게도 잘못이 없는지 생각해봐라, 라는 말만 되풀이하
는 것으로 유명했다.

　그런 식으로 대답하라고 교육받은 사원들의 마음은 어떨
까. 쓰가와는 때때로 생각했다. 나가토에게 가끔 듣는 공단의

사무실 풍경이나 취업 활동을 갔을 때 들었던 초봉 금액, 그 럴싸한 낙하산 인사 소문만 들으면 도저히 자신이 일하는 직장보다 고된 곳일 것 같지는 않았다.

수시 채용은 없을까? 쓰가와는 인쇄실 같은 작은 사무실 안을 일상적으로 들여다보며 종종 생각했다. 어쨌든 언젠가 그만둘 수 있다면 저 단체에 가장 먼저 도전해야지. 멍하니 그런 생각을 하며 그 언젠가가 과연 언제 올지 상상하자 자연히 고개가 푹 수그러지고 콧속이 찡해져 괴로웠다.

부장이 무차별 폭행범에게 습격당한 지 얼마 되지 않은 때였다. 고용환경촉진공단 인쇄실에서 불미스러운 사건이 터졌다. 쓰가와는 잔업하다가 휴식을 취할 때 그곳을 관찰하러 가는 게 일과가 되었는데, 때로는 이미 불이 꺼져 있어 실망할 때도 많았다. 그날 공단 인쇄실은 불이 켜진 것과 거진 것의 중간 상태, 즉 사무실에서 사용하는 부분에만 불이 켜져 있었다. 몇 분 관찰했는데도 아무도 들어올 낌새가 없어 지루해서 자리를 떠나려던 순간, 항상 인쇄실에서 일하는 키 큰 여성이 양복 차림의 남자에게 내몰리듯 인쇄실로 들어왔다. 그 광경을 보고 쓰가와는 뭔가 분위기가 이상하다 싶어 시선을 뗄 수가 없었다. 여성과 비슷한 키의 남자는 그녀를 벽 앞으로 몰아세웠다. 그러고는 허리를 약간 구부린 자세로 조롱하듯 그녀의 얼굴을 들여다보고 나른한 손짓을 곁들여가며 일방적으로 떠들어댔다. 남자는 쓰가와나 그 여성보다 몇 살 위로 보였지만, 아직 서른은 안 된 것 같았다. 그녀는 줄곧 고개를 숙인 채였다. 치정 싸움일까 잠시 의심했지만 두 사람 사이에 친밀한 분위기는 전혀 없었다. 존재하는 것은 거북한 긴장감뿐이었다. 묘하게 끈적거리는 남자의 행동과, 그런가 하면 금세 그와 정반대되는 날카로운 동작이 눈에 들어왔다. 남자가 일방적으로 떠드는 듯했지만, 한참 있으니 그녀가 고개를 들고 반론하는 태도를 보였다. 그때였다. 그때까지 그녀의 말을 재촉하듯 고개를 까닥대던 남자가 가까운 작업대에 있던 묵직한 서류철을 손에 들고 그녀의 얼굴을 후려쳤다.

쓰가와는 눈을 부릅떴다. 등줄기와 손바닥에 땀이 맺혔다. 입 안은 바짝바짝 탔다.

남자는 다시 서류철로 그녀의 다른 쪽 뺨을 후려친 다음 작업대 위에 놓인 서류를 전부 바닥에 떨어뜨렸다. 그러고는 그녀를 때린 서류철을 풀어 쇠고리를 그녀에게 집어던지고 내용물을 털어 사방에 흩뿌리더니 마지막으로 머리 위에 쏟아붓고 바닥에 내팽개쳤다. 그녀가 얻어맞았다는 사실 이상으로 그 광경이 놀라웠다. 어쩌면 저렇게까지 남의 업무

를 방해할 수 있을까. 쓰가와는 묘하게 냉정한 머리로 생각
했다.

인쇄실에서 나가는 순간 남자는 정신을 차렸는지 아까처럼
뻔뻔한 태도로 그녀를 손가락질하고, 바닥을 손가락질하더니
문 너머로 사라졌다. 그녀는 한참 벽 앞에서 고개를 숙이고
있다가 이윽고 몸을 숙여 눈에 보이지 않는 창문 밑 공간으로
사라졌다. 남자가 어지럽힌 서류를 정리하는 듯했다.

쓰가와는 뭔가 끔찍한 무례를 저지른 것만 같아 창문에서
천천히 떨어져 머리를 싸매고 복도로 나갔다. 안쪽 흡연 구
역에서 P선배가 휴대전화를 만지작거리며 담배를 피우고 있
었다. 멍하니 그 모습을 보고 있자니 쓰가와를 알아봤는지 P
선배도 고개를 들어 의아한 눈길로 쓰가와를 마주 보았다.

"맞은편 빌딩에서 사람이 맞고 있었어요." 어째서 자기가
본 광경을 P선배에게 보고하는지 이해할 수 없었다. "사람이
맞는 모습을 본 건 고등학교 때 이후 처음이에요. 현대사회
시간에, 대각선 앞자리에 앉은 남자애가 몰래 딴짓을 하다가
선생님한테 들켜서 의자에서 끌려 내려와 발길질을 당했어
요. 그리고 보니 그 선생님은 징계도 받지 않았어요. 저도 자
주 수업 시간에 다른 과목 숙제를 하곤 했으니 무서웠어요.
어른이 되어도 드물긴 하지만 그런 일이 있군요. 전 그런 줄

몰랐어요. 다들 좀 더 똑 부러지게 행동하는 줄 알았어요. 부조리한 일이나 납득할 수 없는 일이 있으면 그걸 냉정하게 지적하고 대처하는 줄 알았어요. 세상에는 그렇지 않은 일도 얼마든지 있네요."

쓰가와 앞에서만 표정을 지우는 P선배는 이때에도 일절 감정을 드러내지 않았다. 그저 두 손을 멈추고 아주 잠깐 눈살을 찌푸렸을 뿐이었다. 쓰가와는 어깨를 움츠리고 발길을 돌렸다. 그리고 엘리베이터 문에 이마를 대고 몸속에 쌓인 불쾌한 열기를 식혔다.


고용환경촉진공단 인쇄실에서 벌어진 일을 목격한 지 몇 주가 지났지만 그 광경이 머릿속에서 퇴색되는 일은 없었다. 강에 몸을 던지지 못한 자기혐오는 옅어졌고 업무도 그럭저럭 처리하고 있었지만, 문득 정신이 들면 쓰가와는 얻어맞던 여성 생각만 하고 있었다.

일하고 싶다고 바라던 회사에서 그런 일이 벌어졌다는 사실은 크나큰 충격이었다. 결국 어디에 가도 희생양이 되는 인간은 있고, 조직이란 구조에서 그것은 어쩔 수 없는 것이다. 쓰가와는 거대한 무력감에 시달리며 하루하루 업무를 견뎌냈다. 이번 달 영업보고서 제작은 무사히 끝났지만 V계장

의 감시는 점점 까다로워져서 쓰가와는 관자놀이에서 식은
땀이 마를 날이 없었다.

그러는 사이 보너스가 나왔다. 어느 정도 목돈이 입금된 것
을 확인하고 쓰가와는 점점 더 우울해졌다. 다른 기업에 취
직한 친구는 우린 그런 거 안 나와, 보너스를 받을 수 있다니
쓰가와네 회사는 굉장해, 하고 부러워했지만 정작 쓰가와는
그것이 노동의 대가라기보다 좀 더 복잡한 의도가 뒤엉켜 있
는 돈으로 보였다.

그렇게 바쁘고 무기력한 생활에 쫓기는 사이 요구르트 균
이 죽어버렸다. 신경 쓰지 않고 내버려두었더니 어느새 썩어
버린 것이다. 쓰가와는 요구르트 병에 코를 처박고 구역질을
참았지만, 뭔가 나쁜 짓을 한 기분이 들어 좀처럼 버리지 못
했다.

요구르트 말고도 비보가 있었다. 나가토의 상사 Z부장이
쓰러진 것이었다. 그 소식을 들은 것은 그해 마지막 출근일
이었다. 자세한 병명은 모르겠지만 어쨌든 치료가 시급한 병
이라 급히 입원했다고 한다. Z부장 밑의 직원들은 모두 한 단
계 높은 직급의 대행으로 승진이 결정되었다. 나가토도 지역
주임에서 과장 대리가 되어 앞으로 월급도 오른다는 소리를
회의 때 들었다고 했다.

Z부장의 복귀 여부는 아직 전혀 알 길이 없다.

본사에서 온 임원이 심각한 얼굴로 그렇게 말했다고 한다. 그해 종무식을 마치고 퇴근한 후에 나가토는 처음으로 쓰가와에게 같이 한잔하자고 했다. 그날은 두 사람 다 회사 대청소를 하는 날이라 오후 네시에는 퇴근할 수 있었다. 빌딩 1층 엘리베이터 홀에서 만나 근처에 있는 저렴한 프랜차이즈 선술집으로 향했다. 나가토는 안내받은 카운터 자리에서 두부구이를 찔러대며 쓰가와가 처음 보는 복잡한 표정으로 Z부장의 급환 때문에 생긴 사내 변동 사항을 상세히 설명했다. 월급은 2만 엔이 오른다고 했다. 굉장하네요. 쓰가와가 말하자 나가토는 실눈을 뜨고 왠지 힘없이 웃었다.

나가토는 아직 날이 완전히 저물지 않았는데도 술을 쭉쭉 들이켜더니 카운터에 털썩 엎드려 꼼짝도 하지 않았다. 쓰가와는 그 옆에서 잠자코 데친 여주를 씹으며 자기 회사에서 Z부장 같은 신세가 될 만한 사람이 있을지 생각해보았다.

"몹시 증오스러울 때가 있었어."

문득 나가토가 중얼거렸다. 나가토는 카운터에 깍지 낀 두 손을 대고 그 위에 턱을 얹은 채 눈을 감고 있었다.

"가끔은 죽었으면 좋겠다고 생각했어. 시키기 편하다는 이유로 나한테만 일을 떠맡기니까."

나가토의 말에 너무나 절실한 울림이 담겨 있어 쓰가와는 가슴이 답답해졌다. 그러다가 결국 쓰가와도 술에 취해 반대로 술이 깬 나가토의 걱정을 샀다. 화장실에 가서 조금 토하고 입을 헹구고 시간을 확인하니 아직 이른 시간이었다. 대체 뭘 하고 있는 거야. 쓰가와는 2층으로 이어지는 계단에 주저앉아 머리를 싸맸다.

나가토는 저렇게 말하지만 Z부장은 기본적으로 선량해 보이는 사람이었다. 사실 부당한 이유로 혼난 적은 없다고 나가토도 말했었다. 대학을 졸업하고 새로 들어온 후배가 거래처에서 실수했을 때도 남에게 사과하는 데 익숙하지 않은 그를 대신해 솔선해서 몇 번이나 고개를 숙이러 가서, 끊길 뻔한 계약을 간신히 따냈다고 했다. 그 후배는 보너스를 받은 다음 날 사표를 냈다고 한다.

그 판타지에는 불합리한 구석이 있다.

쓰가와는 무릎 위에 턱을 괴고 눈을 천천히 깜빡이다가 이윽고 감았다. 눈꺼풀 밑에 나가토를 자랑하던 Z부장의 얼굴이 떠올랐다. 무차별 폭행범의 공격을 피했다고 자랑하던 부장의 모습도 떠올랐다. V계장의 뾰족하게 솟은 어깨선이 떠오르자 다시 구역질이 치밀었다. 마지막으로 창문 맞은편에서 천천히 몸을 숙이던 고용환경촉진공단 인쇄실의 여성이 떠올랐다.

쓰가와는 주머니에서 휴대전화를 꺼내 액정 화면의 빛으로 한참 자기 얼굴을 비추었다. 언젠가 상담 전화를 걸려고 등록해놓은 고용환경촉진공단의 전화번호를 찾아 느릿느릿 통화 버튼을 눌렀다. 아마도 지금은 근무 시간이 아니니 나중에 다시 걸라는 자동 응답 음성이 나오리라 생각하며 전화기를 귀에서 조금 떼고 호출음을 듣고 있었다.

네, 고용환경촉진공단입니다.

중년 남자의 목소리가 전파를 타고 쓰가와의 귀에 닿았다. 쓰가와는 눈을 부릅뜨고 숨을 들이쉰 후 천장을 올려다보다가 이윽고 자기가 목격한 일을 설명하기 시작했다.

해가 바뀌었지만 당연히 상황은 아무것도 바뀌지 않았다. 매달 하는 업무는 그럭저럭 능숙하게 처리하게 되었지만 업무에 관한 트집거리는 얼마든지 찾아낼 수 있는지, 거래처에 출고할 봉투를 만드는 게 늦었다느니 하청업체 시간제 직원과 전화로 담소를 나누었다느니 자기가 말을 거는데 바로 일어나지 않았다느니 하는 이유로 V계장은 쓰가와를 질타했다. 죄송하다고 하면 단 줄 알아? 하고 따지면 죄송합니다, 라고 대답할 수밖에 없는 대화를 몇 번이나 반복했다. 차라리 그만둬, 라는 말에 역시나 죄송합니다, 라고 말할 수밖에 없었고 그만둬봤자 네가 갈 곳은 없어, 라는 소리를 들었다. 그만 두라는 고함에는 차츰 익숙해졌지만 그만두어도 다른 길은 없다고 묘하게 냉정한 투로 단정 짓는 말은 여전히 쓰가와를 두렵게 했다. 품고 다니던 사표는 가방 밑바닥에서 구겨졌다. 봉투는 가방이 흔들릴 때마다 다른 물건에 부딪혀 손때 같은 오물이 묻어 군데군데 검게 때가 탔다.

조치하겠습니다, 라고 대답하던 공단 남자 직원의 목소리가 이따금 생각났다. 다시 생각해봐도 취한 것치고는 그럭저럭 제대로 설명했다 싶어 쓰가와는 남몰래 자부심을 느꼈지만 그것은 단순한 자기평가로, 보통은 장난 전화라고 여길 것이다. 그렇다고 해서 자신의 고발이 아무 효과도 없었다고 생각하기도 싫어 이후 휴게실에는 가급적 가지 않았다. 딱 한 번 호기심으로 들여다보러 갔지만 인쇄실에는 아무도 없었다.

일하다가 문득, 어떻게 됐는지 꼭 확인하고 싶은 마음이 들어 음료수를 사러 나간 김에 도가노 타워에 가보기로 했다. 설마 편의점 봉투를 들고 사무실에서 신던 학생용 실내화 그대로 타워에 들어갈 날이 오리라고는 생각도 못 했다. 유리로 된 엘리베이터를 기다리면서 함께 기다리는 사람이나 지

나가는 사람들을 자세히 관찰했지만 아무리 봐도 자신보다 더 후줄근한 사람은 없었다. 길게 자란 앞머리는 한 번 꼬아서 클립을 꽂아두었다. 검게 빛나는 엘리베이터 숫자판에 그 모습이 비치자 쓰가와는 허둥지둥 클립을 빼고 머리카락을 가다듬었다.

고용환경촉진공단 사무실은 예전에 면접을 보러 갔을 때와 거의 비슷한 인상으로, 가급적 파티션을 세우지 않고 한 층 전체를 널찍이 사용하는 구조였다. 주변에 쌓아놓은 서류도 없어 분위기가 깔끔했다. 자동문을 지나 멍하니 사무실을 둘러보며 별다른 의도 없이 남녀 비율을 계산하고 4 대 6 하고 답을 냈다. 안내 직원인지, 앞쪽으로 뺀 데스크에 앉은 여성이 멀뚱히 선 쓰가와를 의아한 표정으로 쳐다보면서 저희는 개별 상담도 받고 있으니 편한 마음으로 찾아오십시오, 하고 전화기에 대고 대답했다. 사무실 구석에 놓인 컬러 레이저 프린터가 텔레비전에서 선전하던 최신 기종임을 확인한 쓰가와는 자기 회사의 느려터진 고물 프린터를 떠올리고 한숨을 쉬었다. 그 옆 캐비닛에 쌓인 복사용지도 쓰가와네 회사에서 사용하는 것보다 두 단계쯤 질이 좋은 종이였다.

종이도 안 걸리겠지. 더플코트 주머니에 손을 찔러 넣고 사무실을 관찰하면서 오만 가지 생각을 하염없이 하고 있으려니 저, 하고 방금 전까지 전화를 받고 있던 안내 직원이 일어나서 쓰가와를 불렀다. 쓰가와는 혼자 멋대로 찾아온 주제에 깜짝 놀라 눈을 동그랗게 떴다. 안내 직원이 말을 이었다.

"저, 용건이 있으신가요? 상담하러 오셨습니까?"

쓰가와는 아아, 하고 절반만 수긍하며 사무실을 둘러보고 인쇄실에서 보았던 여성이 그곳에 없다는 사실을 확인했다.

"저, 이 회사, 아니, 여기 공단에서 프린트 업무를 주로 담당하는 분이 계시지요?"

모호한 질문에 안내 직원은 고개를 갸웃거리며 네, 라고만 대답했다. 쓰가와는 등줄기에 땀을 흘리면서 저, 저기, 하고 웅얼거리며 다음 말을 생각했다.

"저기, 저는 옆 빌딩에서 일하는 사람인데." 거짓말을 할 작정이었는데 사실을 털어놓고 말았다. 쓰가와는 자기 머리를 한 대 때리고 싶었지만 일단 뭔가 조금 더 말해보자고 스스로를 격려하며 말을 이었다. "그곳 휴게실에서, 저는 자주 가지는 않는데, 이 회사, 아니, 여기 고용환경촉진공단이 있는 이 도가노 타워가 보이거든요. 그런데 지난주에 우연히, 거의 우연히, 이곳 인쇄실이 보였는데, 그곳에서 일하는 분이 낯이 익어서, 아무래도 초등학교 때 같은 반이었던 친구 같은데,

이름이, 이름이 도저히 생각나지 않아서, 하지만 사이는 좋았는데, 그래서 계속, 고민하다가, 고민한 끝에 그만 찾아와버렸는데요."

쓰가와는 최대한 수상하지 않게, 상대가 캐물어도 괜찮도록 두루뭉술하게 이야기를 지어내려 했지만 입 밖으로는 누가 봐도 수상쩍게 여길 소리가 튀어나왔다. 그래도 조금이나마 의심을 사지 않도록, 이미 늦은 듯했지만 코트를 손으로 털어 주름을 펴고 앞머리를 귀 뒤로 넘겨 매무새를 가다듬었다.

"인쇄실에 있는 걸 보셨다고요?"

안내 직원이 되묻기에 쓰가와는 데스크 쪽으로 몸을 살짝 내밀고 고개를 끄덕이며 이 정도 되는 머리에, 하고 손을 눕혀 귀 밑에 댔다. 안내 직원은 아아, 아아, 하고 고개를 끄덕이더니 옆에서 서류를 정리하던 조금 더 젊어 보이는 여직원을 불러 아사오카…… 선수 좀 불러와, 라고 속삭였다. 그 말을 들은 쪽은 풋 하고 웃음을 터뜨리더니 알겠습니다, 하고 일어섰다.

저기 앉아서 기다리세요, 라고 하기에 쓰가와는 방문객용으로 보이는 긴 의자에 앉아 신발 끈을 다시 묶어도 보고, 코트 주머니에 쌓인 영수증을 꺼내 쳐다보기도 하면서 초조하

179

게 기다렸다.

이윽고 안내 직원에게 부탁을 받은 또 한 명의 안내 직원이 키가 큰 여성을 데리고 사무실을 가로질러 밖으로 나왔다. 분명 쓰가와가 회사 빌딩 휴게실에서 본 그 사람이었다. 쓰가와는 일어나서 고개를 숙이면서도 뭔가 말로 표현하기 어려운 위화감을 느꼈다.

쓰가와는 인쇄실에서 주로 일하는 그녀의 손을 바라보고, 자신보다 훨씬 크고 뼈마디가 튼튼한 그 손에 감탄하면서 천천히 시선을 들어 입을 열었다.

"전화한 사람입니다."

그걸로 통하지 않으면 그냥 수상한 사람으로 여겨도 그만이라고 생각했다. 중요한 건 그녀의 존재를 확인하러 왔다는 점이다. 자기가 해냈을지도 모를 행위에 대해 언급하러 온 게 아니었다.

그녀는 아아, 아아, 하고 환한 얼굴로 몇 번이나 고개를 숙였다. 그녀를 데려온 안내 직원이 미심쩍은 얼굴로 두 사람을 살펴보았다. 쓰가와는 전화는 연말에 걸었는데, 하고 시답잖은 소리를 하면서 잠깐 동안 주위를 두리번거리다가 천천히 시선의 초점을 그녀의 상반신에 맞추었다. 그녀는 158센티미터인 쓰가와보다 머리 하나 정도는 더 컸다. 바쁘실 텐데 죄송했습니다, 하고 말하는 목소리는 나직하고 차분했다.

쓰가와는 뇌가 머리뼈 속에서 질량을 더해가며 천천히 녹아내리는 감각에 사로잡혔다. 너무 이상한 일을 겪으면 졸릴 때가 있다. 머리 기능이 마비되는 것이다. 쓰가와에게는 지금이 바로 그런 상황이었다.

인쇄실의 '그녀'는 미인이었고, 굉장히 정중한 말씨로 불쑥 찾아온 쓰가와에게도 미소를 잃지 않았다. 느낌이 좋은 사람이라 다행이다. '그녀'의 목울대를 바라보며 쓰가와는 생각했다. 제 손을 내려다보고 손가락에 난 털 색깔을 눈앞의 커다란 손의 털과 비교했다. 바빠서 거기까지 손질하지는 못한 모양이다. 여자인 자신도 제모에 관해서는 남 얘기를 할 처지가 아니지만.

어쨌든.

느낌 좋은 남자라 다행이야. 쓰가와는 눈썹을 일그러뜨리고 입 끝을 올리며 거의 울 듯한 얼굴로 웃어 보였다. 모든 의문은 가슴속에 묻어두기로 했다.


그 사람, 주위에서 그리 좋아하지 않았어요. 아사오카는 말했다. 아랫사람에게는 위압적으로 대하거나 편애를 했고 윗

사람에게는 설설 기는 주제에 뒤에서는 험담만 했거든요.

단적으로 말해 우리 회사의 그 사람도 그렇지. 쓰가와는 생각했다. 아사오카는 그 사람이 연초 일찌감치 이사들에게 불려가 폭력은 잘못이라는 경고를 받았고, 소문이 퍼져 사람들이 보내는 차가운 시선을 견디지 못하고 회사에 나오지 않게 되었다고 했다. 또한 조만간 사표를 낼 듯하다고 했다.

타워 안 카페에서 잠시 이야기를 나누었다. 아사오카는 다소 자신감이 부족해서 스스로를 비하하고 있었다며 좀 더 똑 부러지게 굴면 좋았을 것을, 하고 후회했다. 하지만 불안하잖아요, 일단 고개를 숙이게 되죠, 하고 쓰가와가 중얼거리자 아사오카는 그렇지요, 하고 눈길을 떨구며 웃었다. 아사오카는 쓰가와가 탐냈던 에코백을 가지고 있었다. 황록색 가방이었다. 몹시 부러워하자 그는 드릴까요? 라고 물었지만 쓰가와는 정중히 사양했다.

오늘은 조금 있으면 일거리가 와요. 게다가 근무 시간이라 이제 그만 가봐야 하는데. 괜찮으면 다음에 점심이라도 함께 먹으러 갈까요?

아사오카가 제안했다. 쓰가와는 잠시 생각하다가 고개를 저었다.

아무래도 못 갈 것 같아요. 지금 회사, 그만둘 거라.

쓰가와의 말에 그런가요, 하고 아사오카는 아쉬운 듯 고개를 기울였다.

도가노 타워에서 돌아오는 내내 계단에서 내려와 제자리걸음을 하는 기분이 들었다. 헛수고라고 할 만큼 허무하지는 않았지만 민망함이 서서히 쓰가와를 감쌌다. 아사오카가 폭행을 당한 일은 아마 자신처럼 상사에게 마음속의 불안을 들켰다거나 자신감이 부족하기 때문은 아닐 것이다. 그보다는 뿌리는 깊지만 아무 근거도 없는 차별 의식에서 비롯된 폭력이었을 것이다. 쓰가와는 그 점이 안타까웠다. 나는 네가 나하고 같은 처지라고 여겨서, 그게 견디기 어려워 전화를 했어. 하지만 내 생각이 틀렸어. 아마 네게는 잘못이 없을 거야. 적어도 나만큼은.

그나저나 어째서 방금 전에는 지금 다니는 회사를 그만둘 거라고 딱 잘라 말했을까. 그리고 지금, 그 결정은 단호한 결심으로 쓰가와 안에 존재했다. 부풀어 오르는 그 마음에 이끌리듯 쓰가와는 당당하게 굴었다. 이유는 모른다. 겨울 한낮의 차가운 바깥 공기가 옷을 제대로 챙겨 입지 않은 쓰가와의 발밑으로 살그머니 다가와 체온을 앗아갔지만 보폭은 점점 커져만 갔다.

회사에 도착하자 라커룸으로 바로 가서 가방에서 사표를

꺼냈다. 두 번 접힌 지저분한 봉투 속에서 종이를 꺼내 문구를 확인하고 다시 접어 주머니에 넣었다. 고개를 들자 벽에 붙은 당번표가 눈에 들어왔다. 가서 보니 자신이 당번이기에 탕비실로 갔다.

주전자를 불에 얹고 냉장고에 기대어 물이 끓기를 기다리면서, 쓰가와는 문득 생각이 나서 냉장고를 열었다. 첫 번째 선반에 병에 든 요구르트가 빽빽이 들어차 있었다. 쓰가와는 요구르트 병을 두 손으로 들 수 있는 만큼 빼서 풍로 주변에 늘어놓았다. 주전자가 뿜어내는 수증기가 요구르트 병에 들러붙어 땀처럼 물방울이 맺혔다. 한참 지나 몇 초도 만질 수 없을 정도로 뜨거워진 것을 확인하고는 병을 냉장고에 도로 넣고, 다시 다른 병을 꺼내 풍로 주변에 늘어놓고 가열했다. 병 속에서 유산균이 학살당하는 광경을 상상하려 했지만 그 이미지는 어렴풋했다.

아사오카가 자신과 같은 조건에서 쓰라린 차별을 당한 게 아님을 깨닫고 겨우 그만둘 마음이 들었다. 여기가 아닌 어딘가는 당연히 이곳과는 다를 것이다. 그곳에는 천차만별의 고통과 또 다른 일들이 있다는 사실을 쓰가와는 깨달았다.

V가 자신에게 세뇌시키려 한 것만큼 세상은 좁거나 획일적이지 않다고 생각했다. 자신이 이곳을 떠나 그 감촉에 손

을 뻗으러 가는 것은 자유였다.

요구르트를 전부 가열해 냉장고에 넣고 뜨거운 물을 전기 포트에 담은 뒤에도, 쓰가와는 냉장고에 기대어 사표를 바라보며 늑장을 부렸다. 수정할 곳은 딱히 없었다. 정신없는 상태에서 썼는데도 오자나 탈자도 하나 없었다.

"너 뭐하는 거야?"

문이 열리면서 낯익은 소리가 귀에 들어와 쓰가와는 얼굴을 찌푸렸다. V였다.

"어디서 게으름을 부리고 있어. 그 얼굴은 뭐야?"

쓰가와는 사표를 봉투에 넣고 엄지손가락과 집게손가락으로 집어, 부채질하듯 살랑살랑 흔들며 V의 얼굴을 가만히 쳐다보았다. 그 눈을 보았다. 눈가가 조금 늘어진, 심술궂은 눈이었다.

"조용히 좀 해주시죠."

쓰가와는 그렇게 말하고 다시 사표를 접어 주머니에 넣었다. 그러고는 V를 밀쳐내고 탕비실에서 나갔다.

그 걸음으로 외근 나가려는 부장을 붙잡아 봉투를 떠넘기다시피 들이밀었다. 한순간이었지만 부장이 역시나, 라는 표정을 지은 것을 놓치지 않았다. 쓰가와는 상기된 목소리로 잘 처리해달라고 말했다.

어째선지 부장이 자리를 떠난 뒤에도 복도에 서서 어깨로 숨을 몰아쉬며, 문득 예전에 나가토에게 했던 어리석은 위로를 떠올렸다. 아사오카는 아름다운 남자였다. 쓰가와는 웃음을 터뜨렸다. 알고 보면 이 세상도 별것 아니라는 생각마저 들었다.

사표를 낸 뒤의 일은 번거롭기 짝이 없었다. 당연히 V는 쓰가와를 붙잡고 너 지금 무슨 짓을 하는 건지 알아? 이제부터 바빠지는데 넌 사람도 아니야, 난파하려는 배를 버리는 망할 년이야, 하고 매일같이 소리를 질러댔다. 하지만 이미 본사까지 전달되어 수리가 시작된 쓰가와의 사표 앞에서는 무력했다. 전에는 쓰가와하고 말도 섞지 않던 Q선배 역시 P가 울더라, 팀원들이 베푼 은혜를 원수로 갚을 셈이야? 정말 못됐어, 하고 쓰가와를 볼 때마다 밉살스러운 말을 퍼부었다. P선배는 직접적으로는 아무 말도 하지 않았다. 다만 쓰가와하고는 사무적인 대화 말고는 한마디도 나누지 않고 고개를 숙인 채 일만 했다. 부장은 V와 마찬가지로 네가 바뀌지 않는 한 여기서 일어난 일은 다른 곳에서도 일어날 거라며 위협했다. 하지만 그 말투나 표정에는 어딘가, 쓰가와가 퇴사 결의를 철회하지 않을 것을 이미 알고 있다는 체념이 엿보였다.

퇴사일까지 유급휴가를 써서 쉬는 중에도 몇 차례나 회사에 불려가 그 서류가 안 보이는데 어디다 두었느냐, 적어도 책상은 정리하고 가라, 컴퓨터 데이터를 백업하고 초기화해 놓고 가라는 등 자질구레한 일에 잔소리를 들었다. 쓰가와는 모든 호출에 응해 하나하나 담담히 처리했고, 볼일이 끝나면 바로 정리하고 돌아갔다. 딱 한 번 화장실에서 마주친 L선배가 쓰가와는 좋겠다, 그만둘 수 있다니, 하고 아무런 심술도 없이 말을 건 일이 어쩐지 가슴 아팠다.

어쨌든 쓰가와는 욕설을 들으며 끝없이 지시받은 작업을 닥치는 대로 처리했고, 마침내 퇴사일이 다가왔다.

본사에 서류를 찾으러 갔다 온 후 마치 회사에 출입하는 업자를 보는 눈빛으로 자신을 쳐다보는 동료들의 시선 속에서 책상 주변을 정리하다보니 자연히 퇴근 시각이 지났다. 쓰가와는 준비해둔 선물용 과자 상자를 총무과에 전해주러 갔다가 사람들에게 인사도 하는 둥 마는 둥 하고 물 위를 걷는 것처럼 위태롭게 회사를 나섰다.

엘리베이터 단추를 누르는 손끝이 떨렸다. 1층 문이 열리자마자 쓰가와는 뛰어나가 빌딩 입구 근처에 멈춰 서서 감색 어둠으로 물든 하늘을 올려다보았다. 마주 오는 자동차의 헤드라이트 불빛을 받으며 겨울의 대삼각형*을 헤아리고, 차가운 바깥 공기에 떨며 머플러를 꽁꽁 감았다. 다리 끝에는 여전히 무차별 폭행범을 주의하라는 입간판이 세워져 있었다. 쓰가와는 휴대전화로 친구에게 문자를 보내면서 그쪽으로 다가가 찬찬히 바라보았다.

휴대전화 화면이 문자 착신을 알리기에 확인했다. 드디어 그만둘 수 있어요, 라고 점심시간에 보냈던 문자에 대한 나가토의 답장이 와 있었다.

축하해. 이제 아웃사이더가 되지 않아도 되겠네.

쓰가와는 답장을 쓰려다가 뭐라고 써야 할지 몰라 숨을 깊이 들이쉬고 휴대전화를 가방 안에 쑤셔 넣었다. 강물의 악취는 여전해서 머플러 속에 코끝을 묻으며 서둘러 다리를 건넜다.

부장이 습격당했다는 골목에 접어들자 괜히 긴장이 되었다. 퇴사한 지금, 이제 자포자기할 이유는 아무것도 없다. 스스로를 소중히 여겨야지. 그렇게 생각하며 가급적 길 복판으로 이동했다. 그래도 호기심은 이기지 못해 눈에 힘을 주고

---

* 작은개자리의 프로키온, 큰개자리의 시리우스, 오리온자리의 베텔게우스를 이으면 만들어지는 커다란 정삼각형을 겨울의 대삼각형이라 하며 겨울철 별자리의 기준으로 삼는다.

골목을 유심히 들여다보며 걸었다. 그러자 그곳에 검은 파카에 후드를 깊숙이 눌러쓴 사람이 서 있는 게 보였다.

소문으로는 들었지만 실물은 처음이었다. 쓰가와는 멀리서 그 인물을 뚫어져라 관찰하다가 그 사람과 비슷한 풍채의 인물을 생각해내고 눈을 휘둥그레 떴다.

"축하해."

묘하게 맑은 목소리가 후드 안쪽에서 들려왔다. 쓰가와는 미간을 좁히고 귓속에서 되살아난 나가토의 속삭임을 들었다.

몹시 증오스러울 때가 있었어.

쓰가와는 눈썹을 찌푸리고 그 목소리에 귀를 기울였다. 그것은 어둠에서 들려오는 목소리였다. 나는 그때, 그 사실을 알아차리지 못했다. 내 상황에만 급급해 이보다 더 바닥은 없을 거라고 생각한 나머지 아무것도 보지 못했다.

뒤늦게 쓰가와는 후회했다. 혼자서만 떠들었다. 나가토가 하는 말을 하나도 듣지 않았던 것이다.

쓰가와는 손으로 이마를 짚고 지독한 냉기에 숨을 삼켰다.

무차별 폭행범이 보복할 새도 없이 Z부장은 지금 병원 침대에 누워 있다. 앞일은 아무것도 알지 못한 채. 부하가 자기를 얼마나 증오하는지도 모르고.

"고립되게 만들어서 미안해. 하지만 이렇게 하지 않고서는 도저히 일할 수가 없었어. 언젠가 해치울 거라고 스스로에게 증명하지 않고서는."

파카를 입은 인물이 천천히 손을 올려 후드를 잡았다. 쓰가와는 반사적으로 괜찮아요, 라고 외쳤다.

"힘내세요. 아니, 너무 힘내지 않도록 힘내세요. 전 낙오했지만, 힘내세요. 부장 몫까지 하란 말은 안 할 거예요."

그리고 미안해요. 당신은 그래도 나보다 나을 줄 알았어요. 분명 그렇지 않았던 거죠.

그 말을 입에 담지는 않았지만 검은 후드는 천천히 고개를 끄덕이듯 움직였다. 그럼! 하고 손을 들고 쓰가와는 인도를 따라 걸었다. 걸음이 점점 빨라지다 잔달음질이 되었다. 쓰가와는 어느새 숨을 헐떡이며 전력 질주하고 있었다. 그런다고 마음을 짓누르는 후회를 떨쳐낼 수야 없겠지만, 다음에는 자기 아닌 다른 사람의 마음도 이해할 수 있게 되기를 간절히 빌었다. 나가토와 대화하는 일을 낙으로 삼았던 것처럼, 자신도 누군가의 위안이 될 수 있다면 좋겠다고.

역을 지나고 골목을 몇 개 더 지났을 때 쓰가와는 뒤로 돌아 고개를 들었다.

고가 도로 건너편의 도가노 타워가 푸른 어둠 속에 그림자 그림처럼 떠 있었다. 저 안에서는 사람들이 일하고 있을 것이다. 환한 창문이 마치 타워가 몸에 둘둘 불 켜진 전구를 두른 것처럼 보였다. 신호를 기다리는 동안 쓰가와는 장갑을 끼고, 그 풍경에 가만히 손을 흔들었다.

　우리나라에 처음 소개되는 쓰무라 기쿠코는 이 작품《라임 포토스의 배》로 2009년 140회 아쿠타가와상을 수상하였습니다.

　쓰무라 기쿠코의 작품 속에 등장하는 주인공들을 보면 '아, 이 사람, 많이 지쳐 있구나'라는 생각이 먼저 듭니다.《라임 포토스의 배》뿐만 아니라《워커스 다이제스트》《이 세상에 쉬운 일은 없어》, 조만간 소개될《어쨌든 집으로 돌아갑니다》에 등장하는 주인공들은 모두들 회사에 다니는 미혼 여성이지만, 작품 속에서 활기차고 즐거운 직장의 모습은 찾아보기 어렵습니다. 그녀들은 우리 대다수가 그렇듯 의식주를 해결하기 위한 금전적인 이유로 회사에 다니고, 주말을 손꼽아 기다리고, 왠지 바쁘게 사는 것처럼 보이는 다른 사람들의 모습에 초조함을 느끼기도 합니다.

쓰무라 기쿠코의 작품에 유독 그런 여성이 자주 등장하는 이유는 사실 작가 본인이 실제로 회사 생활에서 겪은 경험에 기인한 부분이 큽니다. 그녀는 대학교를 졸업하고 처음 입사한 회사에서 상사로부터 부조리한 대우를 받아 10개월 만에 퇴사합니다. 당시 그 '부조리한 대우'가 어떤 것이었는지는 이 책에 수록된 두 번째 작품 〈12월의 창가〉에서 구체적으로 엿볼 수 있습니다. 인권 유린에 가까운 상사의 폭언과 괴롭힘에 어떤 독자께서는 허풍 아닐까, 저렇게까지 심하지는 않겠지, 라고 생각하실 수도 있을 테고 또 어떤 독자께서는 종류는 다를지 몰라도 회사라는 조직 안에서 그런 부조리한 처사가 비일비재하게 일어난다는 사실에 뼈저리게 공감하실지도 모릅니다.

회사라는 조직은 참 신기합니다. 경영자가 아닌 이상 아무리 중간 관리직이라 해도 결국은 회사에 고용된 '사원'에 지나지 않는데도 직급이라는 피라미드는 그 수많은 '사원'들 사이에 견고한 상하 관계를 강요합니다. 부조리한 대우를 받았다면 왜 그 자리에서 반박하지 않는가, 왜 맞서지 않는가,

당신의 태도에도 문제가 있다…… 무심코 가해자의 잣대를 들이대기 쉬운 것이 바로 조직 안에서의 문제입니다. 피해자가 존재한다는 것을 뻔히 알아도, 주위 사람들 역시 가해자보다 사회적 지위가 낮다면 선뜻 도움의 손길을 뻗기가 어렵습니다. 우리 보통 사람들에게 회사 생활이란 '먹고사는 문제'라고 하는 중요한 인생의 과제와 직결되므로 대부분 아무 탈 없이 조용하고 얌전히 지내고 싶은 게 솔직한 심정이기 때문입니다.

'회사에 불만이 있는가'라는 설문 조사를 하면 '불만'이라고 대답하는 응답자가 늘 높은 비율을 차지하는데도 계속 불만스러운 회사에 다닐 수밖에 없는 이유는 우리가 자신의 생계는 스스로 책임져야 하는 '어른'이기 때문입니다. 회사는 싫지만 아무 대책도 없이 떠날 수는 없는 곳이기 때문에, 그곳에서 일어나는 부조리한 일들이 내 문제만 아니라면 못 본 척 눈을 감게 되고 마는 것인지도 모릅니다.

그렇다면 조직 속에 있기 때문에 발생하는 문제이지만, 결국 스스로 해결할 수밖에 없는 경우 어떻게 해야 할까요? 아마 회사원들이 가장 흔히 듣는 충고가 '절이 싫으면 중이 떠나라'라는 속담이 아닐까 싶습니다. 작가 역시 10개월 만에 회사를 그만두고 다른 회사로 전직했고, 2005년 〈맨 이터〉(후에《너는 영원히 그 녀석들보다 젊다》로 개정 발표)로 제21회 다자이 오사무상을 수상하며 소설가로 데뷔합니다. 그 후 회사 생활과 작가 생활을 양립하며 다양한 작품을 발표하던 쓰무라 기쿠코는 2012년, 10년 동안 다녔던 회사를 그만두고 전업작가가 됩니다.

〈라임포토스의 배〉에는 이런 표현이 나옵니다.

'좀 더 젊었다면 어떻게 해봤을지도 모르지만 그 시기는 이전 회사에서 겪은 광적인 알력 다툼을 겪고 그 후유증으로 무기력하게 기나긴 시간을 보낸 뒤 새로운 직장에 적응하느라 모두 허비해버렸다.'

젊었을 때는, 지치기 전에는 할 수 있었던 많은 일들이 육체적, 감정적 피로 때문에 불가능해지는 것을 보면 인생에 필요한 에너지는 마치 배터리 용량 같다는 생각이 듭니다. 100% 충전된 배터리라도 가만히 두는 것만으로도 서서히 방전됩니다. 휴대전화를 쓰거나 음악을 들으면 그 배터리는 더 빨리 닳겠지요. 다시 쓰려면 이번에는 충분히 충전을 해줘야 합니다. 그러나 현실은 그리 녹록치가 않아, 우리에게 충전할 시간을 충분히 주지 않습니다. 그렇게 충전이 완벽하지 않은 상태에서 계속 사용하는 배터리는 본래의 수명을 다하지 못

하는 경우가 많습니다.

다행히도 쓰무라 기쿠코는 전직이라는 선택을 통해 배터리를 소모시키기만 하는 환경에서 벗어났고, 소설이라는 매체를 통해 자신이 겪었던 일을 표현하면서 10개월의 고통스러운 회사 생활로 겪었던 힘겨운 감정을 돌아보고, 일종의 승화를 이루어낸 것처럼 보입니다.

〈라임포토스의 배〉가 아쿠타가와상을 수상했을 때, 심사위원이자 소설가인 미야모토 데루는 이 소설을 다음과 같이 평가했습니다.

"극적인 드라마가 발생하는 것은 아니지만 소박한 생활을 하는 여성들은 사소한 좋은 일에도 행복을 느끼고, 사소한 싫은 일에도 불행을 느낀다. 순간순간의 작은 사건에 흔들리는 주인공의 마음을 솔직한 문장으로 그려냈다. 우리 인생에서 보편성을 지닌 작품이 아닐까. (중략) 아무런 특징도 없는 잎사귀를 가진 관엽식물 라임포토스를 배로 삼아, 의지할 곳 없는 현재의 일본에서 거친 파도를 타고 있다는 일종의 은유이기도 하다."

〈라임포토스의 배〉나 〈12월의 창가〉에 등장하는 회사원들의 삶은 결코 밝거나 즐겁지만은 않습니다. 그러나 그들은 회사나 조직에 파묻히지 않고, 충동에 휩쓸려 무너지지 않고, 결국 자기가 서 있어야 할 장소를 찾아갑니다. 그 과정은 때로 힘겹고, 애가 타고, 답답하기도 하지만 누군가가 정성들여 돌봐주지 않아도 끊임없이 줄기를 뻗어나가는 라임포토스처럼 조용하면서도 굳센 힘이 있습니다. 쓰무라 기쿠코의 작품이 많은 독자들과 평론가들에게 꾸준히 사랑받는 이유는 단순히 현대인들이 공감하기 쉬운 직장을 무대로 삼고 있기 때문이 아니라, 조직 속에 묻히는 익명의 구성원이 아닌 우리 개개인이 가진 긍정적인 모습을 돌아보게 해주기 때문입니다.

《라임포토스의 배》가 먹고사는 문제마저도 쉽게 해결하기 어려운 고단한 삶을 사는 여성들에 대한 조용한 찬가라면, 다음으로 소개될 《어쨌든 집으로 돌아갑니다》는 회사원들을 위한 응원가 같은 작품입니다. 《라임포토스의 배》와는 일변한 분위기로, 회사 안 인간관계에 대한 위트 있는 불평과 악천후를 뚫고 기를 쓰고 퇴근하는 회사원들의 고군분투를 보면 분명 절로 빙그레 웃게 될 것입니다.

김선영

옮긴이 김선영

한국 외국어대학교 일본어과를 졸업했다. 방송을 비롯한 다양한 매체에서 전문번역가로 활동했으며 현재는 일본문학 번역을 주로 하고 있다. 옮긴 책으로는《야경》《봄철 한정 딸기 타르트 사건》《고백》《꽃 사슬》《열쇠 없는 꿈을 꾸다》《츠나구》《불쌍하구나?》등이 있다.

# 라임포토스의 배

**초판 1쇄 인쇄** 2016년 6월 20일
**초판 1쇄 발행** 2016년 6월 27일

**지은이** 쓰무라 기쿠코
**옮긴이** 김선영
**펴낸이** 이기섭
**편집인** 김수영
**기획편집** 김수현 임선영
**마케팅** 조재성 정윤성 한성진 정영은 박신영
**경영지원** 김미란 장혜정

**펴낸곳** 한겨레출판(주) www.hanibook.co.kr
**주소** 서울시 마포구 효창목길 6(공덕동) 한겨레신문사 4층
**전화** 02-6383-1602~3
**팩스** 02-6383-1610
**메일** literature@hanibook.co.kr

ISBN 978-89-8431-987-5 03830

• 책값은 뒤표지에 있습니다.
• 파본은 구입하신 서점에서 바꾸어 드립니다.